Red Geller

Hauptgewinn:

Ein Grab im Rhein

DAS SCHLOSS-TRIO

W0242634

Pelikan

ISBN 3-8144-1714-3
© 1990 by Pelikan · D 3000 Hannover 1
Alle Rechte vorbehalten
Gesamtleitung und Textredaktion:
AVA GmbH
Umschlaggestaltung: strat + kon, Hamburg
Innen-Illustrationen: Solveig Ullrich
Gesamtherstellung: Clausen & Bosse, Leck
Printed in Germany
Auflage 15 14 13 12 11 10 9 8 7 6 5 4 3 2 1

Inhalt

RANDOLPH RITTER (RANDY)

Eigentlich heißt er Randolph. Diesen Vornamen haßt er. So wurde aus Randolph eben „Randy“. Randy ist sechzehn, geht aufs Gymnasium, ist ein mittelprächtiger Schüler und kommt immer gut mit. Sport gehört zu seinen Lieblingsfächern; danach kommt Mathe, die Begabung dafür hat er von seinem Vater geerbt. Randy hat auch schon Kampfsportarten trainiert. So kann er auch etwas Karate. Er ist ziemlich groß, ohne schlaksig zu wirken. Sein Haar ist dunkelblond, manchmal mit einem Stich ins Braune. Seit seiner Geburt hängt ein Muskel am Mundwinkel schief, so daß es aussieht, als würde Randy immer grinsen, was die Lehrer schon manchmal auf die Palme gebracht hat, besonders dann, wenn sie neu waren und ihn noch nicht kannten. Randy ist da, wo „Action“ ist. Langeweile kennt er nicht. Er kann sich auch beschäftigen, ohne vor der Glotze zu hocken. Am meisten ärgert er sich über Ungerechtigkeiten. Ob in der Schule oder im Leben: Er setzt sich stets für die Schwachen ein, was ihm nicht selten auch Ärger einbringt.

TOSHIKIARA (TURBO)

Toshikiara ist Japaner und Randys Freund. Da er einen Namen hat, der schlecht auszusprechen ist, wird er kurz „Turbo“ genannt. Turbos Eltern sind verschollen. In Japan besitzt er keine engeren Verwandten mehr. Die Familie Ritter hat sich deshalb entschlossen, ihn bei sich aufzunehmen, worüber sich natürlich Randy – der ein Einzelkind ist – unwahrscheinlich gefreut hat. Turbo besucht eine deutsche Schule. Die deutsche Sprache hat er in Japan gelernt, unter anderem auch durch den Briefwechsel, den er und Randy geführt haben. Als Erbe seiner Eltern besitzt Turbo ein altes Samurai-Schwert, dem magische Kräfte nachgesagt werden. Dieses Schwert hütet er wie einen kostbaren Schatz. Er ist kleiner als Randy und trägt das schwarze Haar zu einer Bürste geschnitten. Seiner asiatischen Mentalität entsprechend, reagiert er eher bedächtig. Wenn es aber sein muß und darauf ankommt, ist der fünfzehnjährige Turbo voll da.

MICHAELA SCHRÖDER (ELA)

Michaela Schröder, auch „Ela“ oder „Möpschen“ gerufen – den letztgenannten Namen mag sie nicht –, ist die dritte im Bunde. Ela wohnt in unmittelbarer Nachbarschaft der Ritters; sie ist dunkelhaarig, trägt gern einen Pferdeschwanz, ist eine gute Judo-Sportlerin, in der Klasse irre stark in allen Fächern und liebt besonders ihren Rauhhaardackel „Biene“. Sie hat noch einen kleineren Bruder namens Michael. Ihr Vater arbeitet beim Bau. Ela ist Randys Freundin, auch wenn sich die beiden hin und wieder streiten, daß die Fetzen fliegen; das haben sie jedoch schon im Sandkasten getan. Michaela ist sehr neugierig und schafft es immer wieder, genau dort aufzutauchen, wo etwas los ist. Darüber kann sich Randy manchmal ärgern.

Ela, Randy und Turbo gehören zusammen. Diese drei Freunde bilden auch „Das Schloß-Trio“.

Red Geller

DAS SCHLOSS-TRIO
RANDY, TURBO & CO

Das japanische Schwert
Falschgeld auf der Geisterbahn
Gefährliche Agentenfracht
Die Mumie aus Kairo
Schreckensnacht im Landschulheim
Der Unheimliche mit der Goldmaske
Der Jenseits-Expreß
Geheimplan Lemuria
Alarm auf dem Reiterhof
Der Alptraum-Zirkus
Das Gespensterschiff
Jagd nach Peter Ritter
Drei gegen die Mafia
Hauptgewinn – Ein Grab im Rhein
Alarm in den Alpen

1. Überraschung am Morgen

Vor dem Frühstück hatte es noch geregnet. Danach verschwanden die Wolken, als hätte sie ein gewaltiger Staubsauger geschluckt, und der Himmel war klar bis zum fernen Horizont.

Das helle, herbstliche Blau leuchtete mit den ersten schüchternen Sonnenstrahlen um die Wette. Randy Ritter, der am Fenster seines Zimmers stand, riß den Flügel auf und ließ die wunderbar frische Luft in den Raum.

Samstag – keine Schule, ein Tag zum Faulenzen oder um aktiv zu werden. Randy schwankte noch zwischen den beiden Möglichkeiten. Er hätte zusammen mit seinem Freund Turbo in die Schwimmhalle gehen können, wo Ela Schröder und einige andere Klassenkameraden einen Schwimmwettkampf austragen mußten. Ela, von Randy manchmal auch Möpschen genannt, worüber sie sich immer schrecklich aufregte, gehörte, ebenso wie Turbo und Randy, zum Schloß-Trio. Zwei Jungen und ein Mädchen, aber Ela ließ sich von den zweien nicht die Butter vom Brot nehmen.

Randy überlegte hin und her. Die Fußball-Bundesliga spielte heute. Das Radio übertrug die Spiele, was auch sehr interessant sein konnte. Er wußte einfach nicht, wie er sich entscheiden sollte, und beschloß, mit Turbo über das Problem zu reden.

Die beiden Zimmer der Jungen lagen in der ersten Etage des schloßartigen Gebäudes, in dem die Familie Ritter wohnte. Der Bau stand praktisch auf den Rheinwiesen, aber nicht in der Hochwasserzone. Von solch einer Naturkatastrophe waren sie bisher verschont geblieben, obwohl sie so nahe am Wasser wohnten. Man hatte einen wunderbaren Blick auf den Strom, wenn man vorn hinausschaute.

Das Fenster, in Randys Zimmer eröffnete den Blick zur Rückseite hinaus. Weiter oben, wo das hangartige Gelände in einer dichten Buschreihe auslief, führte die Straße entlang, die dicht befahren war, denn die große Stadt Düsseldorf lag in unmittelbarer Nähe.

Als es klopfte, drehte sich Randy um. Ohne das „Herein“ abzuwarten, betrat Alfred das Zimmer. Er war ein irrer Typ, ehemaliger Stuntman beim Film. Er konnte eigentlich alles, hatte als Trickspezialist bei einer Filmfirma gearbeitet und sich dort ein enormes Wissen erworben. Stolz war er auf seinen dunklen Oberlippenbart, der ebenso schwarz war wie sein Haar über den lustig blickenden Augen. Zu den Jeans, die er an diesem Morgen trug, hatte er einen hellen oval ausgeschnittenen Pullover angezogen. Mit vor der Brust verschränkten Armen lehnte er am Türrahmen und schaute Randy an.

„Was ist denn?“

Randy hob die Schultern. „Nichts. Ich überlege, was ich heute anstellen soll.“

„Mitfahren.“

„Wohin?“

„Dein Vater und ich wollen nach Düsseldorf und uns dort ein paar Regale anschauen, die dein Vater für sein Labor kaufen möchte. Wenn du mitwillst...“

„Was ist mit Turbo?“

„Den habe ich noch nicht gefragt.“

Randy zog seine Stirn in Falten. „Bis wann muß ich mich entschieden haben?“

„Warte nicht zu lange. Wir wollen in einer halben Stunde spätestens weg sein.“

„Mal sehen, ich sage dir noch Bescheid.“

„Okay dann.“ Alfred nickte, drehte sich um und ließ Randy allein zurück.

Dr. Peter Ritter nahm Alfred fast immer mit, wenn er gewissermaßen beruflich unterwegs war. Er arbeitete als hochqualifizierter Ingenieur in seinem eigenen Laboratorium, das in einem Turmanbau untergebracht war. Dieser Turm gehörte ebenfalls zum Schloß, und es war den Jugendlichen verboten, ihn zu betreten. Das Labor war Dr. Ritters Reich. Außerdem beschäftigte sich der Wissenschaftler mit Forschungen, die *top secret*, streng geheim, waren, was ausländische Agentendienste schon oft ein lebhaftes Interesse für Dr. Peter Ritter entwickeln

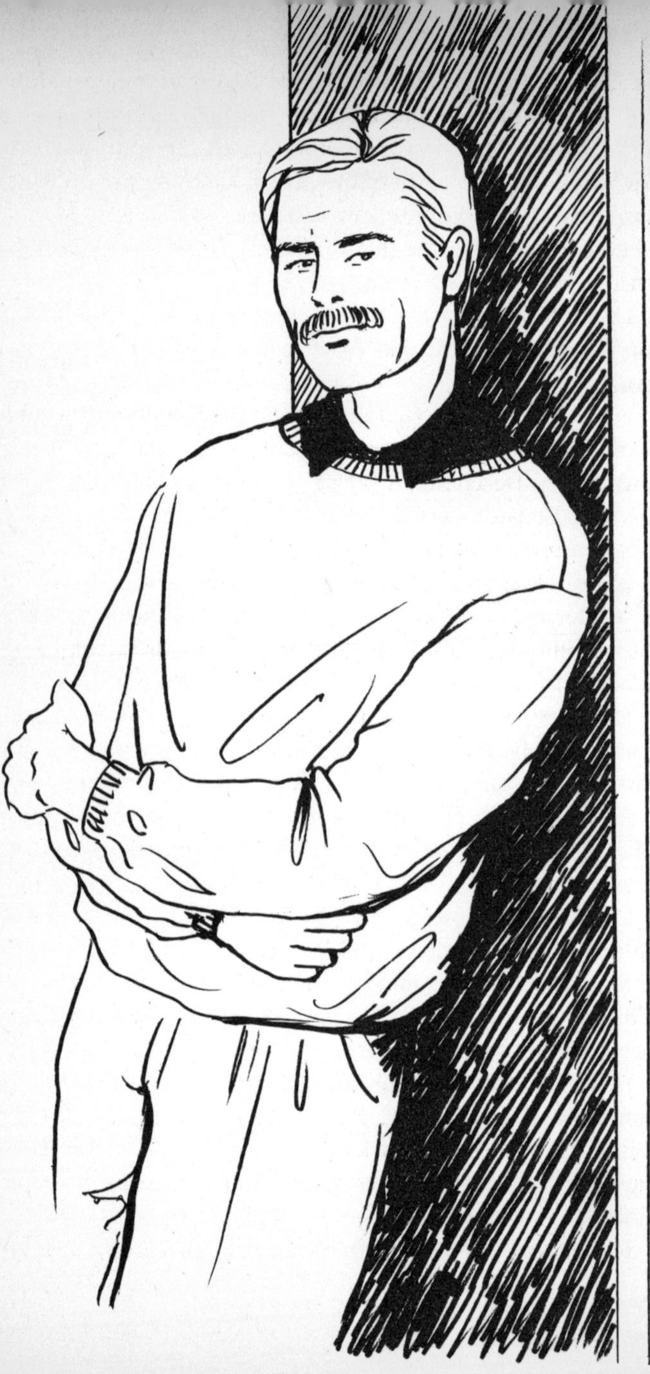

ließ. Insgesamt gesehen lebte Dr. Ritter ziemlich gefährlich, und Alfred hatte daher auch die Aufgaben eines Aufpassers und Leibwächters wahrzunehmen, die er sehr gut erfüllte. Nicht zuletzt war er in zahlreichen Kampfsportarten perfekt ausgebildet und konnte mit fast jeder Waffe umgehen, auch wenn er Waffen verabscheute und nur in äußerster Not danach griff.

In der letzten Vergangenheit hatte er einige Male nicht umhin können, denn da war es oft genug um Tod oder Leben gegangen.

Nach Düsseldorf zu fahren war eigentlich nicht schlecht. Randy hatte sich schon fast entschlossen, nach unten zu gehen und Alfred Bescheid zu sagen, als er noch einen letzten Blick aus dem Fenster warf und den *Rollmops* sah.

So hatten sie den Briefträger getauft, der jeden Tag die Post brachte. Über zwei Zentner wog er, und er hatte bestimmt ein besonders stabiles Rad, das nicht unter ihm zusammenbrach.

Er stellte den Ritters die Post immer ziemlich früh zu, da das Schloß auf seiner Route an vorderster Stelle lag. Das Rad holperte über die Unebenheiten des Weges, und Rollmops saß vornübergebeugt, immer darauf bedacht, nicht vom Rad zu rutschen oder in einer Bodenrille hängen zu bleiben.

Er klingelte mit der Fahrradglocke, sein Zeichen, warf einen Blick in die Höhe, entdeckte Randy am Fenster und schaffte es sogar, zu winken.

Der Junge grüßte zurück. Dann war der Rollmops aus seinem Blickfeld verschwunden.

Dr. Ritter bekam viel Post, und oft waren Eilbriefe und Einschreiben darunter. Randy war gespannt, was der Rollmops heute wieder gebracht hatte.

Bevor er sein Zimmer verließ, machte er sein Bett, hörte dabei Musik und hoffte, daß Marion Ritter, seine Mutter, mit seinen Bemühungen zufrieden war, denn sie bestand darauf, daß ein Sechzehnjähriger sein Zimmer selbst in Ordnung hielt.

Randy zog seine schwarzen Leinenschuhe an, öffnete die

Tür, wollte sie wieder schließen – und verharrte mitten in der Bewegung.

Aus der Schloßhalle gellte ein wahnsinniger Schrei an seine Ohren. Schrill stieg der Ton an, bis er sich überschlug und in Gurgeln und Glucksen endete – ein Schrei des Jubels und der Freude.

Nur einer konnte derart verrückt sein und so brüllen. Toshikiara, Randys japanischer Freund, der wegen seines unaussprechlichen Namens nur Turbo genannt wurde.

Weshalb er so geschrien hatte, wußte Randy nicht. Aber vielleicht hing es mit dem Briefträger zusammen, der konnte durchaus eine tolle Nachricht für Turbo gebracht haben.

Randy „jumpte" die Treppe hinab. Das Wort *jumpen* war seine eigene Erfindung. In die Bewegung umgesetzt, bestand es aus Rennen, Springen und Rutschen. Für letzteres diente das breite Geländer der Treppe, die hinunter in die Halle führte. Da stand der Rollmops und war so bleich geworden, als hätte sich ein sprungbereiter Schäferhund vor ihm aufgebaut, der keine Briefträgeruniform mochte.

Frau Ritter hielt sich die Ohren zu, und Alfred hatte das Gesicht verzogen, als würde er auf einer Zitrone kauen.

Turbo aber ließ sich davon nicht beirren. Er führte einen regelrechten Tanz auf und schrie immer wieder:

„Gewonnen, gewonnen, gewonnen . . .!"

In diese Szene jumpte Randy hinein. Er rutschte über das glatte Holzgeländer in die Halle hinunter und hatte nur das Pech, daß der Steinboden etwas zu glatt für eine perfekte Landung war. So geriet er aus dem Gleichgewicht, konnte sich nicht mehr fangen und setzte den Rest der ungewöhnlichen Fortbewegung auf dem Hosenboden fort, dicht an den großen Sesseln vorbei, bis er vor den Füßen seiner Mutter zum Stillstand kam. Frau Ritter schaute ihn mit einem Blick an, der Bände sprach.

Randy stand auf und rieb sich sein Hinterteil. „Weiß schon Bescheid, Mutti, weiß schon Bescheid. Ich soll normal die Treppe herunterkommen. Du brauchst nichts mehr zu sagen. Alles ist klar."

Marion Ritter nickte. „Ja, ich weiß schon, mein Sohn, bis zum nächstenmal."

„Vorerst brauche ich beim Sitzen ein Kissen." Randy zog ein säuerliches Gesicht, und Alfred ließ ihm noch den verballhornten Kommentar zukommen: „Wer den Schaden hat, spottet jeder Beschreibung, Freund. Das mußt du dir mal merken."

Turbo hatte das alles nicht gestört. Er tanzte noch immer und schlenkerte dabei wild mit dem rechten Arm herum. Der Brief zwischen seinen Fingern flatterte mit.

Randy blieb gelassen. Nicht einmal seine Grinsfalte am Mundwinkel zuckte. „Was hat er denn?“

Alfred war angesprochen worden. „Einen Anfall, glaube ich.“

„Das sehe ich, aber der muß doch einen Grund haben.“

„Frag Turbo selbst.“

Das wollte Randy auch. Es dauerte noch eine Weile, bis Turbo ausgetanzt hatte und sich letztendlich erschöpft in einen Sessel fallen ließ. Der Briefträger hatte sich inzwischen verabschiedet. Man hörte ihn noch einmal klingeln, bevor er mit dem Drahtesel wegfuhr.

„Hast du Lachgas abgekriegt?“ fragte Randy und stieß mit der Fußspitze gegen Turbos Sohlen. Der Junge hatte die Beine weit von sich gestreckt.

„Das nicht.“

„Weshalb drehst du dann hier durch?“

„Ganz einfach.“ Turbo schwenkte wieder den Brief. „Ich habe gewonnen, Randy, Randy, gewonnen!“

„Was denn? Eine Kiste Nägel oder fünf Tonnen Fritten?“

„Nicht einmal Ketchup.“

„Dann auch keine Wurst.“

„Stimmt.“

„Mach's nicht so spannend, Mann.“

„Puh.“ Turbo ließ den Brief sinken. „Ich habe im Preisausschreiben gewonnen, und zwar den Hauptpreis“, fügte er rasch hinzu, bevor Randy oder die anderen eine Frage stellen konnten.

„Hm.“ Randy drehte sich um.

Alfred stand da und hüllte sich in Schweigen. Marion Ritter gab auch keinen Kommentar ab, also mußte er Turbo fragen. „Wieso? Welches Preisausschreiben? Was ist der Hauptpreis?“

„Langsam, langsam, immer der Reihe nach.“ Turbo grinste breit. Er genoß es sichtlich, im Mittelpunkt zu stehen. Gemächlich fing er an zu erzählen, ganz derjenige, der allein Bescheid weiß und die anderen nun erst mal zappeln läßt. „Es war von einer Computer-Firma ausgeschrieben worden. Man mußte ein kleines Problem lösen, was ich schaffte und einschickte. Man hat mich gezogen, ich bin unter den Gewinnern, das ist alles. Hauptpreis."

„Laß mich raten?" rief Randy.

„Gut, fang an."

„Eine Reise?"

Turbo nickte. „Richtig."

Randy verengte die Augen. „Jetzt kommt es darauf an. Spanien?"

„Falsch."

„Habe ich noch Chancen?"

„Klar doch, zwei."

„Wahnsinn, warte." Randy überlegte, schnickte mit den Fingern und bekam große Augen. „Ist doch klar, Mann. Computer, eine irre Sache. Silicon Valley in Arizona. Das muß es sein. Gib zu, daß es stimmt, Turbo. Sag schon."

„Leider nicht."

„Ahh... kein Silicon Valley. Dann eben eine Besichtigung der Firmengebäude mit anschließendem Hotel..."

„Auch nicht." Turbo winkte ab. „Das kannst du sowieso nicht erraten, Randy."

„Ist das derart blöd?"

„Mir gefällt es. Ich habe noch nie bei so etwas Glück gehabt, und deshalb ist es so stark."

„Also was?"

„Eine zweitägige Rheinfahrt für alle Gewinner des Hauptpreises. Von Köln bis Mainz und wieder zurück." Turbo strahlte seinen Freund an und konnte nicht begreifen, daß Randy sich nur an die Stirn tippte und zwei Schritte zurückging.

„Das darf doch nicht wahr sein. Er hat eine Rheinfahrt gewonnen. Himmel, Amor und Wolkenbruch. Das ist ja der totale Wahnsinn." Er begann zu singen. „Oh, du wunderschöner deutscher Rhein..."

„Hör auf, Mann."

„Das meine ich auch!“ mischte Frau Ritter sich ein. „Nimm Turbo nicht die ganze Freude.“

„Wenn du das Freude nennst.“ Randy schüttelte den Kopf. „Was willst du denn auf dem Rhein.“

„Mich verwöhnen lassen.“

„Wer sagt das?“

„Es steht hier.“ Turbo klopfte auf den Brief. „Der Preis ist für zwei Personen. Wenn du willst, kannst du mit. Außerdem ist es am Wochenende, da haben wir frei.“

Randy fuhr durch sein braunes, fast immer krauses Haar, in das sich ein paar blonde Strähnen verirrt hatten. „Eine Rheinfahrt, auch das noch. Da sind doch nur Grufties, Mann.“

„Nun mach Turbo den Preis nicht schlecht“, schimpfte Marion Ritter. „Es ist toll, daß er gewonnen hat. Ich jedenfalls freue mich mit ihm.“

„Willst *du* nicht fahren, Mutti?“

„Nein, ich würde mich nicht wohlfühlen.“

„Wegen der Grufties?“

„Junge“, sagte Alfred. „Du redest heute irgendwie irre. Das sind keine Grufties. Sag du es ihm, Turbo.“

„Es sind Computer-Freaks, Randy. Wer bei diesem Preisausschreiben mitgemacht hat, der kennt sich bei Computern aus. Die Gewinner sind meist junge Leute oder junge Erwachsene.“

„Das weißt du?“

„Ich nehme es an.“

„Wann soll die Reise denn starten?“

Turbo schaute sicherheitshalber erst auf den Zettel. „Am nächsten Wochenende.“

Randy tat so, als müßte er scharf nachdenken. Er murmelte einige Worte, die nur er verstand. „Na ja, da müßte ich mal in meinem Terminkalender nachschauen.“

„Wir haben nichts vor“, sagte Turbo.

„Weißt du das genau?“

„Immer.“

„Okay, ich fahre mit. Aber nur auf deine Verantwortung,

und du mußt mir versprechen, daß ich unterwegs den Kahn verlassen kann, wenn ich keine Lust mehr habe."

„Wie du willst."

„Kommt nicht in Frage", meldete sich Frau Ritter. „Ihr bleibt zusammen, wenn ihr schon mal zu zweit..."

„Ela Schröder!" rief Turbo plötzlich. „Hör zu, Randy, du brauchst nicht, wenn du nicht willst. Ich werde Ela anrufen und sie fragen. Wetten, daß die mitfährt."

„Von wegen."

„Was ist – wetten?" Turbo streckte dem Freund die Hand entgegen. „Die wird bestimmt mitfahren, wie ich sie kenne. Aber wir werden etwas anderes versuchen. Wir fahren nicht zu zweit, sondern zu dritt."

„Was? Du, ich und Ela?"

„Richtig gezählt."

Randy verdrehte die Augen. „O Herr, gib mir ein bißchen Geduld, aber das sehr plötzlich. Ela auch noch. Das wäre ja der potenzierte Irrsinn, das halte ich nicht aus."

„Was ist denn daran so schlimm?" fragte Frau Ritter. „Ihr hockt doch sonst ständig zusammen."

„Ja, da hast du recht." Randy knetete seine Nase. „Aber die Reise ist für zwei Personen. Ich kann mir nicht vorstellen, daß noch jemand anderer mitfahren darf."

„Wirklich nicht?" Alfred kam grinsend näher. „Ich würde sogar mit dir wetten, daß es klappt."

„Wie willst du das denn anstellen?"

„Vitamin B."

„Beziehungen?" staunte Randy.

„Klar."

„Hast du die denn?"

Alfred räusperte sich kurz. „Wie gut kennst du mich eigentlich, Randy?"

„Anscheinend nicht gut genug."

„Eben."

Turbo lief auf ihn zu. „Das ist ja Spitze, Alfred, wenn du das schaffen könntest. Ehrlich."

„Keine Sorge, das drehe ich schon."

„Ich rufe bei den Schröders an."

„Kannst du dir sparen, Turbo. Ela ist nicht zu Hause. Sie hat heute ihren Schwimmwettkampf."

„Klar. Wollten wir uns den nicht ansehen?"

„Oder in die Stadt."

„Ihr könnt wählen", sagte Alfed. „Ich werde gleich mit deinem Vater losfahren, Randy."

Es fiel ihnen schwer. Sie losten schließlich, und das Los fiel für Michaela Schröder.

„Dann in die Schwimmhalle!" rief Randy.

„Wie lange wird es denn dauern?" wollte seine Mutter wissen.

„Keine Ahnung – warum?"

„Weil ich euch dann etwas zu essen mitgebe. Immer nur dieses Budenessen, Fritten und Currywurst, das ist doch auf die Dauer nichts."

Es widersprach niemand, denn Marion Ritter hatte nur zu recht. Sie verschwand in der Küche. Da auch Alfred gegangen war, blieben Randy und Turbo allein in der Halle zurück.

„Und da fahren wirklich keine Grufties mit?" erkundigte sich Randy sicherheitshalber noch einmal.

„Der eine oder andere wird schon dabei sein. Aber ich nehme an, daß in der überwiegenden Mehrzahl junge Computer-Freaks an Bord sind. Wird bestimmt stark. Da rollt sogar ein Programm ab. Wir legen am ersten Abend an."

„Wo denn?"

„In St. Goar, da gibt es eine tolle Burg. Am Abend soll es ein Bordfest geben mit einem gewaltigen Essen." Turbos Augen wurden ganz glänzend, als sähe er die Schüsseln schon vor sich stehen.

Er und Randy konnten allerdings nicht ahnen, daß es einige Dinge geben würde, die ihnen gründlich den Appetit verderben sollten...

2. Der Schatz im Rhein

Allmählich verschwammen die Konturen der Weinberge, und auch die alten Burgruinen ragten nur mehr schemenhaft aus der anbrechenden Dämmerung. Es war schon spät und würde bald dunkel werden.

In die kleinen Orte am Rhein war Ruhe eingekehrt. Die Wagen, die jetzt noch über die Uferstraßen rollten, fuhren bereits mit Licht. Ihre Scheinwerfer sahen aus wie bleiche Glotzaugen, die Löcher in die Finsternis hineinrissen.

Auch auf dem grauen Strom herrschte nicht mehr viel Betrieb. Am Abend ließ der Verkehr auf der Wasserstraße Rhein nach, da konnte der Fluß einmal tief durchatmen, bevor in den frühen Morgenstunden die zahlreichen Schlepper, die Containerschiffe und die Ausflugsboote wieder unterwegs waren.

Die Wärme des Tages war einer angenehmen Kühle gewichen, und ein leichter Wind war aufgekommen. Er wehte aus Richtung Westen, fand seinen Weg über die Hügelkuppen hinweg und durch die Täler, wo er aus den engen Straßen und Gassen der Orte den Geruch von Bratwurst aufnahm und weitertrug.

Die Häuser waren meist dicht am Ufer gebaut worden. Oft standen bei Hochwasser die Keller voll, doch daran hatten sich die Menschen an Rhein und Mosel gewöhnt.

Ein französischer Wagen rollte auf der linken Rheinseite entlang und erreichte die kleine Stadt St. Goar. Wenn die Kegelclubs einfielen, platzte der Ort aus allen Nähten. An diesem Wochentag jedoch war es ruhig, da konnte man sogar noch einen Parkplatz finden.

Der Renault fuhr parallel zur Bahnlinie, vorbei an einer Reihe von Wein- und Speiselokalen und befand sich schon bald am Ortsende.

Am Steuer saß ein Mann namens Maurice. Er wurde nur der Algerier genannt. In Algier geboren, war er jedoch aufgewachsen in Marseille, dieser temperamentvollen Stadt an der französischen Südküste.

Der zweite Mann im Wagen hieß Farcas. Ein finsterer Typ, der nie lachte und Augen hatte, die kälter waren als Eis. Farcas wurde auch der Schweiger genannt. Er sprach nur so viel als unbedingt nötig war. Aber er war der beste Taucher, wenn man einen brauchte. An Farcas kam man nicht vorbei.

Auch während der Fahrt hatte er kaum ein Wort gesprochen. Selbst nahe des Ziels streckte er nur seinen Arm aus, damit Maurice Bescheid wußte. In dessen Mundwinkel klemmte eine filterlose Zigarette. Sie wippte mit, als er nickte, glitt ihm aber nicht aus den Lippen. „Alles klar, Farcas, wir schaukeln das Ding."

Farcas atmete durch die Nase. Er saß wie auf dem Sprung. Sehr oft schaute er in den zweiten Außenspiegel, drehte sich mal um, weil er sicher gehen wollte, daß man sie nicht verfolgte. Wenn sie erwischt wurden, gab es schweren Ärger, und einige Polizisten in Europa würden sich vergnügt die Hände reiben, denn die beiden Männer gehörten zu jenen Leuten, die man als ‚Schwere Jungs" bezeichnete.

Jetzt mußten sie die Bahngleise überqueren. Der Renault war gut gefedert, so daß sie es kaum spürten. Schon bald tanzte das Licht der Scheinwerfer über einen ziemlich holprigen Feldweg, der geradewegs zum Fluß zu führen schien. Wenige Meter davor knickte er allerdings nach links und lief auf einen Platz aus, wo sich die Umrisse eines Schuppens aus dem Dunkel hervorschälten.

Dieser Schuppen war ihr Ziel.

Neben einigen alten Ankern stoppten sie den Wagen, schalteten das Scheinwerferlicht aus und blieben einige Minuten sitzen. Doch nichts tat sich. Kein Wagen war ihnen gefolgt. Inzwischen war der Mond aufgegangen, er warf ein gespenstisches Licht über den Platz.

„Okay, lassen wir es angehen", sagte Maurice und stieg vor dem großen Schweiger aus dem Auto. Beide drückten die Türen sehr leise zu. Niemand sollte sie hören, keiner sollte auf sie aufmerksam werden.

Maurice ging auf ein schmales Seitentor zu. Er war ein kompakter Mann mit vielen Muskeln und breiten Schultern. Sein Gang hatte etwas Wiegendes an sich, als würde er über Planken schreiten. So gingen Seeleute, die lange auf einem Schiff gewesen waren.

Der Schweiger blieb zurück. Aus seiner Tasche holte er eine Handvoll Gummibärchen und steckte sie in den Mund. Dann begann er heftig zu kauen. Er liebte diese Bärchen und hätte sich am liebsten davon ernährt. Zwischen ihm und seinem Kumpan war alles genau abgesprochen. Während der Algerier die Arbeit verrichtete, wollte Farcas Schmiere stehen. Das kannten sie, das hatten sie oft gemacht, denn sie „arbeiteten" schon einige Jahre zusammen.

Maurice war vor dem Tor stehengeblieben, hatte eine Stablampe hervorgezogen und murmelte nun einen kräftigen Fluch in gleich mehreren Sprachen. Es gefiel ihm überhaupt nicht, daß diese Tür durch ein Vorhängeschloß gesichert war, viel lieber hätte er freie Bahn gehabt. So aber mußte er es auf die harte Tour machen.

Aus seiner Jackentasche holte er einen Schraubenzieher mit dickem Isoliergriff.

Den setzte er an.

Einmal, zweimal – das Holz stöhnte, es knackte, als wollte es sich beschweren. Erste Splitter flogen Maurice um die Ohren, dann zeigten sich helle Streifen im dunklen Material, noch ein heftiges Knacken, wenig später war die Tür offen.

Der Schweiger schlich heran, besah sich den Schaden und schaute Maurice nur an.

„Ja, das ist Mist. Es ging nicht anders. Schlechte Vorbereitung."

Farcas hob nur die Schultern.

„Ich gehe jetzt rein. Gib du hier acht. Und wenn jemand sich anschleicht, ha, dann..."

„Geh!" Farcas wollte nicht, daß Maurice noch mehr redete. Er mochte am liebsten Leute, die schwiegen wie er. So wenig wie möglich sagen, alles andere erledigte sich von allein.

Maurice verschwand in der Dunkelheit des Schuppens.

Schon nach wenigen Schritten war von ihm nichts mehr zu sehen. Da schien ihn die Finsternis verschluckt zu haben.

Sehen konnte er nichts, aber er brauchte nur seine Stablampe anzuknipsen, und schon schoß der Strahl einen Lichtpfeil in die Dunkelheit. Wo er auf ein Ziel traf, entstand ein bleicher Kreis, und diesen Kreis ließ Maurice wandern, denn er suchte nach bestimmten Gegenständen.

Was den Schuppen füllte, war kaum etwas wert. Alte Weinflaschen, teilweise zerbrochen oder staubbedeckt lagen in großen, containerähnlichen Kisten und warteten auf den Abtransport zur Wiederverwertung. Auch auf dem Boden lagen Scherben. Maurice ging sehr vorsichtig durch den Raum, immer dem Licht-

kegel der Lichtkegel der Lampe folgend. Manchmal knackte es unter seinen Sohlen verdächtig.

Man hatte ihnen erklärt, daß sie das, was sie brauchten, im Schuppen finden könnten. Bisher hatte Maurice nichts davon entdeckt, nur Mäuse aufgeschreckt, die quiekend davonrannten, als wäre ein riesiger Kater hinter ihnen her.

Maurice bewegte den Arm nach links. Etwas reflektierte das Licht mit einem hellen Schimmern. Die Lippen des Algeriers verzogen sich zu einem breiten Grinsen. Ja, das mußte es sein. Schnell ging er auf das Ziel zu und atmete auf, als er sah, daß er sich nicht geirrt hatte. Vor ihm lagen zwei Preßluftflaschen und auch Neoprenanzüge, wie sie Taucher benutzten.

Der Algerier ging wieder zurück. Im Rechteck der Tür stehend stieß er einen dünnen Pfiff aus.

Der Schweiger kam.

„Alles klar“, wisperte ihm Maurice zu. „Man hat uns nicht reingelegt, Kumpel.“

„Wo?“

„Komm mit.“

Maurice führte seinen Kumpan tiefer in den Schuppen und leuchtete die Gegenstände an. „Alles klar?“

Der Schweiger überprüfte die Preßluftflaschen das dazugehörige Gerät. Den Schnorchel, die Brille, die Riemen zum Festklemmen der Flaschen und die Unterwasserlampe.

Als er sich aufrichtete, zeigte sein Gesicht einen zufriedenen Ausdruck, das konnte Maurice trotz der miesen Beleuchtung sehr gut erkennen.

„Packen wir's?“

Der Schweiger nickte wieder.

Maurice ärgerte sich an diesem Abend über ihn. „Hör zu, großer Redner. Nicht daß du noch zuviel sagst und dich an deinen eigenen Worten verschluckst, sonst kommst du ins Fernsehen, als erste Leiche, die sich totgesprochen hat.“

Farcas tippte nur an seine Stirn. Er stammte aus dem Baskenland. Das ist ein Gebiet an der Westküste von Spanien. In einem kleinen Küstendorf war er aufgewachsen und war oft zum Tauchen aufs Meer hinausgefahren. Es ging die Geschichte um, daß er sich damals nur mit den Fischen unterhalten hätte, deshalb sein langes Schweigen. Farcas hatte die Gerüchte niemals bestätigt, aber auch nicht dementiert. Er machte sich seine eigenen Gedanken.

Mit den Preßluftflaschen, den Neoprenanzügen, der Brille und dem Schnorchel bepackt, schlichen sie wieder auf den Ausgang zu. Maurice hatte die Führung übernommen. Er war ein sehr mißtrauischer Mensch. Vor der Tür blieb er stehen, horchte lange nach draußen, bis er sich vergewissert hatte, daß die Luft rein war. Mit einem großen Schritt trat er hinaus ins Freie.

Der Schweiger folgte ihm, schaute sich noch einmal die aufgebrochene Tür an und schüttelte den Kopf. So etwas fiel bestimmt auf. Das konnten sie gerade nicht gebrauchen.

Maurice wartete am Wagen auf seinen Kumpel. „Zum Wasser hinunter?“ fragte er.

Farcas erwiderte nichts. Wortlos ging er vor, in Richtung Ufer.

„Danke für die wirklich erschöpfende Auskunft“, quengelte Maurice hinter ihm.

Wenig später mußten sie eine kleine Böschung hinabrutschen und standen dann auf einem schmalen Uferstreifen.

Natürlich hatten sie dieses Stück Ufer schon näher in Augenschein genommen. In den vergangenen Tagen waren sie zweimal genau an dieser Stelle gewesen und hatten alles vorbereitet. Sie hatten sich bei Tag umgesehen und bestimmte Stellen so markiert, daß sie auch während der Dunkelheit zu finden waren.

Einige Steine lagen als Kreis. Es sah aus, als hätten Kinder mit den Kieseln gespielt und sie so angeordnet. Der Kreis fiel kaum auf, aber er lag vor einem Gebüsch, das für Maurice und Farcas von großer Bedeutung war.

Der Algerier ging geduckt vor und leuchtete. Wie ein heller Fleck tanzte der Lichtkreis über den Boden. Da fiel er auf die Büsche und den aus Steinen gebildeten Kreis.

Maurice drehte sich um. „Alles klar, Farcas, du kannst das Boot hervorholen.“

Der Schweiger rührte sich nicht, als müßte er erst darüber nachdenken. Schließlich nickte er und verschwand hinter dem dichten Buschwerk, das an dieser Stelle begann und sich fast bis zur Straße hochzog.

Maurice wartete. Die Lampe hatte er wieder ausgeschaltet und weggesteckt. Was sie jetzt vorhatten, konnten sie auch in dem spärlichen Mondlicht erledigen. Das war einige Male ausprobiert und durchgesprochen worden. Es konnte nichts schiefgehen.

Plötzlich hörte er einen Fluch. Wenn der Schweiger sich dazu herabließ, mußte etwas passiert sein. Mit raschen Schritten drang Maurice in das Gebüsch, um nachzuschauen. Als er Farcas erreicht hatte, schaltete er kurz die Lampe ein. „Was ist denn?“

Sein Kumpan schlenkerte die linke Hand, bevor er seinen Daumen in den Mund steckte. Da wußte Maurice Bescheid. Farcas hatte sich bestimmt an irgendeinem Dorn den Daumen geritzt. Er gehörte zu den Menschen, die vieles konnten, nur wenn er Blut sah, drehte er fast durch. Besonders wenn es sein eigenes war.

Farcas ließ den Daumen im Mund, verdrehte die Augen so stark, daß schon das Weiße zu sehen war.

„Du bist vielleicht ein Held!“ Maurice schüttelte den Kopf. „Mann, und mit so jemand soll ich arbeiten. Schlimm ist das.“ Er wandte sich ab. „Sogar noch schlimmer.“ Er sah sich suchend um. „Ist das Boot denn klar?“

Der Schweiger – mit dem Daumen im Mund – nickte. Maurice winkte nur ab und schob sich an dem „Verletzten“ vorbei.

Der Wulst des schon mit Preßluft gefüllten Schlauchboots sah aus wie der dicke Oberarm eines liegenden Riesen. Auch den kleinen Heckmotor hatte der Schweiger bereits aus dem Versteck geholt und in das Schlauchboot gebracht. Dessen Boden war mit Brettern ausgelegt worden. Maurice bückte sich, ergriff das über den Wulst laufende Tau und schleifte das Boot in Richtung Strand, wo die Wellen in kleinen, schaumigen Streifen ausliefen.

„He, komm endlich!“ zischte er zu Farcas hinüber, der noch am Daumen lutschte. „Du sollst schließlich auch rudern.“

Der Schweiger lief geduckt heran. Aus der Tasche holte er ein Tuch, umwickelte den Daumen und knotete das Tuch fest. Er nickte, also war er einigermaßen zufrieden.

Die Ruder lagen im Boot. Kurze Stechpaddel mit ziemlich breiten Blättern, denn sie mußten auch gegen die Strömung rudern und würden den Außenborder nicht immer laufenlassen können. Sobald das Boot zu Wasser gelassen war, wollten sie den Motor anbringen.

Das alles übernahm nun der Schweiger. Gebückt schob er den schwimmenden Untersatz in das dunkle Rheinwasser, auf dessen Wellenkämmen hin und wieder heller Schaum leuchtete.

Maurice hatte nasse Füße bekommen und war entsprechend ungeduldig. Als er endlich im Boot saß und das Ruder gereicht bekam, zischte er sofort: „Jetzt ab durch die Mitte."

Beide ruderten hart gegen die Strömung im Wasser an. Farcas mit verbundenem Daumen und sein Kumpan mit Wut im Bauch. Erst als sie eine Strecke vom Ufer weg waren und auch die Lichter von St. Goar hinter sich gelassen hatten, stellte Maurice den Außenborder an. Er mußte zweimal ziehen, bevor das Ding ansprang.

„Zieh dich um, Farcas!"

Der gehorchte schweigend. Geschickt schlüpfte er in einen der dunklen Neoprenanzüge, der zweite war als Reserve gedacht. Farcas zog den Reißverschluß zu, streifte die Halbkapuze über, so daß nur der vordere Teil seines Gesichts freiblieb.

Maurice montierte mittlerweile den kleinen Hebekran, dessen Tau über Rollen lief und am Ende einen Haken besaß. Sie würden diese Hilfe brauchen, wenn sie die Kiste aus dem Wasser bergen wollten. Darum ging es ja schließlich. Er schaute zu Farcas hoch, der neben ihm stand. „Fertig?"

Der Schweiger nickte. Auf seinem Rücken lag die Preßluftflasche. Um die Hüften hatte er sich ein Tau geschlungen. Die Unterwasserleuchte hakte er zusätzlich fest.

Bevor er in den kalten Rheinfluten verschwand, schaute er noch einmal über das Wasser, das still im Mondlicht glänzte.

Die Männer kannten die Fahrrinnen. Sie wußten, daß sie sich dort nicht aufhalten durften. Deshalb mußte einer im Boot bleiben, damit es nicht in eine der Fahrrinnen getrieben wurde.

Farcas hatte das Mundstück bereits zwischen die Lippen geschoben, atmete einige Male probehalber, war zufrieden und rollte sich dann über den Wulst der Bordwand in das Wasser ab.

Maurice schaute ihm nach. Er hatte das Gefühl, als wäre sein Kumpan von einem gewaltigen Maul verschluckt worden, so schnell hatte den das Wasser verschlungen.

Für die Dauer weniger Sekunden konnte er den Weg seines Kumpans noch genau verfolgen, denn der Schweiger hatte unter Wasser seine Lampe eingeschaltet, damit er in der Finsternis etwas sehen konnte.

Für Maurice begann die Zeit des Wartens und des Aufpassens. Er mußte unbedingt verhindern, daß sie entdeckt wurden. Es stand einfach zu viel auf dem Spiel.

Er drehte an der Winde und ärgerte sich über das Quietschen. Der große, eiserne Haken verschwand im Wasser und sank tiefer, je weiter der Algerier die Winde bewegte. Er konnte nur hoffen, daß sie genau die Stelle erreicht hatten, an der die Kiste lag. Lange genug geübt hatten sie und sich sogar spezielle Karten angeschaut.

Auf den Haken hatte der Schweiger bereits gewartet. Farcas war in seinem Element. Unter Wasser bewegte er sich wie ein Fisch. Nicht umsonst hatte er zu den besten Tauchern an der

baskischen Küste gehört und für manche Organisationen auch Sondereinsätze durchgeführt. Unter Wasser war auf ihn voll Verlaß. Nur konnte er eben kein Blut sehen. Das hatte ihm manchen Ärger eingebracht und zweimal den Job gekostet.

Der Taucher entdeckte den Haken. Langsam sank dieser auf ihn zu. Farcas ergriff den Haken, zog zweimal, das Zeichen für Maurice oben im Boot, dann schwamm er tiefer, in der linken Hand den Haken.

Es war nicht weit bis zum Grund, der sich als schwarzes, schlammiges Etwas vor ihm auftat und über den der Lampenstrahl einen bleichen Teppich breitete.

Es war traurig, was der Schweiger alles entdecken mußte. Leere Konservendosen zählten noch zum kleineren Übel. Er fand zwei Kotflügel, einen Kinderwagen, Schuhe, Kleidung und Autoreifen, die hochkant im Schlamm steckten, als würden sie jeden Augenblick davonrollen wollen.

Das alles interessierte ihn nicht. Farcas wollte die Kiste, die hier irgendwo sein mußte.

Im Boot hatte der Algerier längst bemerkt, daß sein Kumpan mit dem Windenhaken in eine bestimmte Richtung schwamm. Er folgte ihm mit dem Boot langsam nach und lauschte auf das Tuckern des Außenborders. An manchen Stellen war der Rhein trotz des relativ niedrigen Wassers nach dem heißen Sommer ziemlich wild. Er zerrte oft am Boot, als wollte er es nicht mehr loslassen.

Maurice behielt auch die Umgebung im Auge. Mit Überraschungen mußten er und sein Kumpan immer rechnen. Er hatte sich sagen lassen, daß auch die Wasserschutzpolizei hin und wieder in der Nacht Streife fuhr. Vor allen Dingen, um Umweltsünder aufzuspüren.

Da richtete er sich plötzlich abrupt auf, denn das straff gespannte Seil der Winde hatte sich zweimal heftig bewegt. Für ihn *das* Zeichen. Im stillen machte er dem Schweiger ein Kompliment. Der Mann war gut, der hätte auch ein Geldstück im Schlamm gefunden. Maurice nahm das Gas weg und sorgte dafür, daß der Motor nur so stark lief, daß die Strömung es nicht schaffte, das Boot abzutreiben.

Nun hieß es noch einmal Daumendrücken und warten.

Unter Wasser arbeitete der Schweiger fieberhaft. Er hatte tatsächlich die Kiste gefunden. Der Strahl seiner Unterwasserleuchte war auf die helle Aluminiumoberfläche des viereckigen Kastens gefallen und von ihr reflektiert worden.

Zur Hälfte steckte die Kiste allerdings im Schlamm. Farcas packte zu und zog sie mühsam frei. Dann löste er das Seil von seiner Hüfte, schnallte es quer und längs um die Kiste, knotete es fest und griff nach dem Haken, der etwas abgetrieben war, nachdem er ihn hatte loslassen müssen.

Es klappte alles vorzüglich. Farcas verband Haken und Band miteinander, prüfte noch einmal den Sitz und gab abermals das Zeichen an seinen Kumpel.

Maurice hatte genau aufgepaßt und das Rucken des straff gespannten Seils sofort registriert.

Jetzt mußte die Winde helfen. Er drehte an dem primitiven Rad und ärgerte sich darüber, daß sie so laut quietschte. Eine leichte Gänsehaut lief ihm über den Rücken. Ein wenig komisch war ihm schon zumute.

Nicht weit entfernt, in der Strommitte, tuckerte ein langes, dunkles Boot vorbei, das tief im Wasser lag und von schaumigen Streifen in der Bordwand begleitet wurde. Die Positionsleuchten glänzten wie ferne Sterne, doch darum konnte sich der

Mann im Boot auf keinen Fall kümmern. Er mußte die Kiste an Bord haben, koste es, was es wolle. Und er schaffte es auch.

Zusammen mit seinem Kumpan, dem Schweiger, tauchte die Kiste aus den Fluten, gerade in dem Augenblick, als die Wellen des vorbeigleitenden Schiffes quer gegen das Schlauchboot liefen und es zum Schaukeln brachten.

Maurice schimpfte. Er klammerte sich fest. Das behäbige Schwanken des Boots gefiel ihm überhaupt nicht. Zum Glück blieb der Schweiger erst mal im Wasser zurück.

Sobald sich die Wellen gelegt hatten und am Ufer ausgelaufen waren, hievten sie die Kiste dann gemeinsam mit der Winde ins Boot. Schließlich stand sie zwischen ihnen; der Schweiger atmete einige Male tief durch, nickte und überwand sich selbst, als er sagte: „Geschafft."

„Öh", machte Maurice. „Du... du kannst ja reden, ohne daß man dich fragt, mein Junge."

Farcas verzog nur die Mundwinkel.

Maurice baute die Winde ab und verstaute sie im Boot. Dann fuhren sie wieder zurück. Diesmal flußaufwärts und gegen die Strömung.

„Hätte nicht geglaubt, daß es so gut klappen würde", sagte Maurice und rieb seine Hände.

Farcas hob nur die Schultern. Er hockte neben der Kiste, hatte eine Hand auf die Oberfläche gelegt und schaute nach vorn, als suchte er dort nach irgendwelchen Gefahren.

Das Schicksal meinte es in dieser Nacht gut mit den beiden. Niemand hielt sie auf, und so erreichten sie unangefochten die Stelle, an der sie das Schlauchboot zu Wasser gelassen hatten.

Farcas hatte sich umgezogen. Kaum schleifte der Kiel über Grund, sprang er auf den Uferstreifen, griff zum Tau und zog das Boot an Land, wobei ihm Maurice half.

„Das war gut", sagte der Algerier, „das war sogar super." Er schaute sich um. „Wir verstecken den ganzen Krempel hinter dem Gebüsch und schaffen nur die Kiste zum Auto."

Der Schweiger hatte keinen Einwand. Gemeinsam trugen sie die Beute in Richtung Wagen.

Auch jetzt waren sie mehr als vorsichtig. Es hätte noch gefehlt, daß sie von irgendwelchen Gaffern entdeckt worden wären. So aber klappte alles ausgezeichnet.

An ihrem Wagen hatte sich auch niemand zu schaffen gemacht, und die Kiste paßte bequem auf den Rücksitz.

Maurice setzte sich hinter das Lenkrad. Als der Schweiger einstieg, mußte er dreimal hintereinander niesen.

„Hör auf damit, Bazillen herumzupusten", beschwerte sich der Algerier. „Ist ja widerlich."

„Das nächste Mal tauchst du."

„Hä, hä, es wird kein nächstes Mal geben." Maurice drehte den Zündschlüssel und startete den Motor. Langsam fuhr er an, rollte auf die normale Straße und fuhr wieder in Richtung St. Goar.

Der Schweiger wunderte sich, sagte aber nichts, sondern schaute nur mal nach rechts und dann nach links aus dem Fenster. Erst als sie durch das Zentrum rollten, stellte er eine Frage.

„Wohin fahren wir?"

„Wir verstecken die Kiste."

„Aha."

„Willst du nicht wissen, wo?"

„Kommt darauf an."

„Wenn du am Ortsausgang die Glotzaugen verdrehst und dann nach links den steilen Berg hochschaust, siehst du Lichter. Die gehören zu einem Hotel."

„Da soll die Kiste hin?"

„Idiot. Das Hotel ist nur Staffage. Es liegt so wunderbar romantisch auf dem Berg und ist Teil der alten, mächtigen Burg Rheinfels, die zweitgrößte Burganlage in Europa."

Der Schweiger geriet in Rage. Er lachte sogar schrill. „Sag bloß, du willst die Kiste in der Burg verstecken?"

„Sehe ich so aus?"

„Wo dann?"

Maurice ließ sich mit der Antwort Zeit. Er bog zunächst nach links in eine Straße ein, die steil den Berg hochführte und erst auf der Burg endete. „Ich habe vergessen, dir noch etwas zu sagen. Unter der Burg, also im Berg, gibt es Gänge und Tunnels, die mehr als zehn Kilometer lang sind, alle zusammengenommen. Hast du begriffen, mein Freund?"

„Fast", gab der Schweiger zu und dachte daran, daß er wohl bald wieder als Träger gebraucht werden würde. Denn wer sonst sollte die Alukiste verstecken. Er ging nicht darauf ein, sondern wollte wissen, was sich denn in der Kiste befände.

„Kannst du schweigen?"

„Das fragst ausgerechnet du mich."

„Ich auch, Farcas, ich auch..." Danach wollte sich Maurice ausschütten vor Lachen...

3. Gefährliche Rheinfahrt

Köln!

Stadt des Doms, der Altstadt, der Philharmonie, der zahlreichen Museen, der Kunst, des Klüngels und des Karnevals und natürlich die Stadt am Rhein, über den so viele Lieder gesungen und komponiert worden waren, daß die Texte schon Bücher füllten.

In Köln startete das Schiff.

In aller Frühe waren Ela, Randy und Turbo von Düsseldorf aus losgefahren. Alfred sollte sie nach Köln bringen. Die Ritters selbst konnten nicht mitfahren, sie waren erst spät in der Nacht von einer Party zurückgekommen.

So hockten die Freunde zusammen mit Alfred im alten Mercedes und waren natürlich aufgeregt.

Besonders Ela, die es noch immer nicht fassen konnte, daß ihre Eltern zugestimmt hatten.

Die Sonne war dabei, die Schatten der Nacht wegzuschieben. Wie ein roter Ball erschien sie im Osten und überflutete mit ihrem Glanz einen großen Teil des Himmels.

Das wunderschöne Farbenspiel steigerte die Vorfreude des Schloß-Trios, und auch Alfreds Bemerkung trug dazu bei, als er sagte: „Ja, ja, so gut möchte ich es auch einmal haben. Mich aufs Schiff setzen zu können und einfach wegfahren."

„Du hättest ja an meiner Stelle mitfahren können", meldete sich Ela vom Rücksitz her.

Alfred lachte. „Nein, nein, das ist schon besser so, daß du bei deinen Freunden bleibst und vor allen Dingen auf sie achtgibst."

„Was soll denn passieren?" fragte Randy und schaute Alfred von der Seite an.

„Bei euch?" Der dunkelhaarige Mann mit dem Oberlippenbart mußte sich ein Lachen verbeißen. „Soll ich euch mal aufzählen, in welch einen Schlamassel ihr schon hineingeraten seid?"

„Das wissen wir selbst."

„Aber diesmal nicht", sagte Ela.

„Wieso eigentlich nicht?" fragte der neben ihr sitzende Turbo. „Wäre doch mal wieder spannend."

„Dann flippt meine Mutter aus." Ela hob eine Hand und knotete das rote Band fester zusammen, das ihren dunklen Pferdeschwanz zusammenhielt.

„Du brauchst ihr ja nichts zu sagen."

Ela zog die Nase kraus. „Meine Mutter erfährt alles, verlaß dich darauf. Die hat so einen Blick, der dringt dir bis in die Seele. Die kannst du nicht anschwindeln."

Randy winkte ab. „Es sind ja nur Computer-Freaks auf dem Schiff."

„Und Computer auch?" fragte Ela.

Die Antwort kam von Alfred. Er hatte den Wagen vor einer Ampel stoppen müssen. Die Autobahn lag hinter ihnen, und sie waren hineingerollt in die Innenstadt. „Ja, von der Firma Tricom. Sie sponsert die ganze Fahrt. Da hat Turbo auch einen der Hauptpreise gewonnen. Ihr müßt euch damit abfinden, daß teilweise so etwas wie eine Werbeveranstaltung abläuft."

„Ich lege mir trotzdem keinen Computer von Tricom zu", erklärte Turbo laut und deutlich.

„Brauchst du auch nicht."

„Hauptsache, du kannst dich richtig satt essen", sagte Randy, „und wirst nicht seekrank."

„O je!" flüsterte Ela, denn da hatte ihr Freund ein Thema angeschnitten, das ihr überhaupt nicht gefiel. „Ich habe eine Tante, und die hat im letzten Jahr eine Kreuzfahrt nach Norwegen gemacht. Da ist vielleicht was losgewesen auf dem Schiff. Die Leute waren mehr krank als gesund. Die haben in den Kojen gelegen und verkehrt herum gegessen."

Alfred lachte. „Keine Sorge, Freunde, ihr bleibt auf dem Rhein. Da sind die Wellen nicht so hoch. Außerdem hockt ihr in einem erstklassigen Passagierschiff und nicht in irgendeinem Schlauchboot, mit dem ihr über die Wellen paddeln müßt!"

Randy schlug ihm leicht auf die Schulter. „Ich finde es toll von dir, wie du uns immer wieder Mut machst."

„Eine meiner leichtesten Übungen. Früher hat man mich den großen Mutmacher genannt."

Die Freunde schwiegen. Sie fuhren bereits auf der Rheinuferstraße und konnten auf die Türme des Doms schauen, deren Spitzen in der Sonne golden glänzten.

Ein wunderschönes Bild, das auch als Motiv für eine Postkarte hätte dienen können. Vor den Domtürmen ragte noch die imposante Eisenbahnbrücke auf, die direkt vor dem Bahnhof lag. Um diese Zeit rollte der Berufsverkehr bereits auf Hochtouren. Aus Westen und Osten erreichten die Pendler die große Stadt am Rhein.

Ela war begeistert. Sie wußte gar nicht, wohin sie überall schauen sollte.

„Da liegt unser Schiff!" Randy hatte es zuerst gesehen. Er hatte gleich das große Transparent mit der Aufschrift TRI-

COM entdeckt, das am Steg befestigt war. Der Name war in einem reflektierenden Blau auf weißem Grund gepinselt worden.

„Nicht so eilig", wehrte Alfred ab. „Bevor ihr aussteigt, suche ich erst einen Parkplatz. Ich werde euch bis an den Kahn bringen, das habe ich euren Eltern versprochen."

Er mußte sich jetzt auf der Rheinuferstraße rechts einordnen, wo es auch zum Bahnhof und zum Dom ging. Von Minute zu Minute nahm der Verkehr zu. Dennoch hatten sie das Glück, auf einem der Plätze am Hinterausgang des Hauptbahnhofs einen freien Parkplatz zu finden, wenn er auch nur für eine begrenzte Zeit genutzt werden konnte.

Alfred warf eine Münze in die Parkuhr. Randy hatte den Deckel des Kofferraums mittlerweile hochschwingen lassen und hob die Gepäckstücke heraus.

Drei Reisetaschen, in die das Nötigste eingepackt worden war. Ela nahm ihre Tasche und schwang sie herum. Auf beiden Seiten prangten Aufkleber und Sprüche. Sie ging zu Alfred und nickte ihm zu.

„Ist was, Ela?"

„Nicht direkt. Ich wollte mich nur bei dir bedanken, daß du mir die Reise ermöglicht hast."

Er lachte leise, und seine Augen funkelten dabei. „Wieso ich?"

Ela knuffte ihn. „Das weißt du doch. Ohne deine Beziehungen hätte ich es nie geschafft."

„Na ja, ich kannte zufällig jemanden, der einen guten Posten bei der Firma hat, das ist alles."

„Es reicht aber schon."

„Sicher." Alfred schloß den Wagen ab. Turbo und Randy standen am Heck des Wagens zusammen und schauten hinüber zum Rhein, wo sich an der Anlegestelle einige Menschen versammelt hatten. Sie gehörten wohl ebenfalls zu den Gewinnern.

Die meisten, nein, eigentlich alle, waren älter als die drei Freunde. „Zum Glück sind es keine Grufties", meinte Turbo.

„Die kommen bestimmt auch noch."

„Ab wann fängt denn bei euch ein Gruftie an?" erkundigte sich Alfred, der Randys letzte Worte vernommen hatte.

Turbo drehte sich um. „Das ist unterschiedlich. Bei mir in der Klasse hocken schon welche."

„Dann gibt es Großväter, die haben es noch total drauf", sagte Ela. „Einfach super."

Randy nickte nur.

Alfred grinste. „Was ist denn mit mir?"

„Du bist doch kein Gruftie", riefen die drei erstaunt. „Nein, du bist ein richtiger Typ."

„Oh, danke."

„Sollen wir?" fragte Ela. Sie war etwas nervös und trat von einem Bein auf das andere.

„Wegen mir immer." Randy nickte.

Sie gingen rasch auf das Plakat zu. Dort wartete ein Mann, der eine Windjacke mit dem Firmenaufdruck trug und sich offenbar recht wichtig vorkam. Mit seiner Goldrandbrille sah er aus wie ein Professor. In der rechten Hand hielt er ein Klemmbrett mit einer Liste. Jeder Gewinner mußte sich bei ihm melden.

Randy kam als erster an und sagte sein Sprüchlein auf. „Ah ja, der junge Herr, der als Begleiter mitkommt, nicht wahr?"

„So ist es, Meister."

„Gut, gut." Der Bebrillte tat sich ungemein hervor. Dabei hieß er Dieter Müller, wie Randy auf dem Schild am Kragen las.

Auch Turbos Name wurde abgehakt, dann schaute der Mann Ela an, deren Name auf der Liste unterstrichen war. Sie galt als zahlender Gast; ihre Eltern hatten ihr das Geld dafür geschenkt.

„Ah ja, der Fall ist mir bekannt. In Ordnung – und was ist mit Ihnen?" Müller wandte sich an Alfred.

„Ich war nur der Fahrer."

„Ah so, dann wollen Sie nicht mit auf die *Rheinperle*?"

„Nein."

„Schön, viel Spaß, die nächsten bitte."

Alfred und die drei Freunde waren zur Seite getreten. Sie wollten Müller bei seiner ungemein bedeutenden Aufgabe nicht stören. Während sie die Ankunft der anderen Gewinner beobachteten, meinte Randy: „Da hat es aber viele Hauptpreise gegeben."

Turbo nickte. „Wundert mich auch." Er schaute Alfred an. „Wie ist denn deine Meinung?"

„Geteilt, Freunde."

„Wieso?" fragte Ela.

„Ganz einfach. Turbo hat recht. Es hat tatsächlich viele Hauptpreise gegeben, einfach zu viele. Ich habe den Eindruck, daß es sich bei dieser Fahrt eher um eine Werbeveranstaltung handelt und man nur die Computer an den Mann oder die Frau bringen will."

„Wie die Kaffeefahrten?"

„Richtig, Ela."

Turbo ballte die Hand zur Faust. „Wäre das nicht ein echter Beschiß?"

Alfred ließ seinen Blick über das weiße Schiff gleiten, das vom Licht der Sonne gebadet wurde. „Beschiß würde ich nicht sagen, aber komisch ist es schon."

„Was sollen wir denn machen?" fragte Ela.

„Mitfahren natürlich. Zwei schöne Tage auf dem Schiff und auf dem Rhein. Ich hole euch dann wieder ab." Alfred nickte ihnen zu und reichte jedem die Hand. „Sollte es irgendwelche Schwierigkeiten geben, ruft an. Dann hole ich euch ab."

„Machen wir!" versprach Randy.

Alfred grinste. „Viel Spaß!" Er drehte sich um. Da er es eilig hatte, so rasch wie möglich wieder nach Düsseldorf zu kommen, sah er den Mann hinter ihm zu spät. Aber auch der konnte nicht ausweichen, und so prallten Alfred und er zusammen.

„Können Sie nicht aufpassen?" zischte der andere und wollte Alfred beiseite schieben.

Das gelang ihm fast, denn Alfred war stehengeblieben und starrte den hochgewachsenen Mann mit dem weißblonden

Haar an. „Jetzt trifft mich doch der Hammer. Kennen wir uns nicht?“

„Wieso?“

„Sie sind der Schwede. Sie heißen Lars Lindström – oder?“

Der Weißblonde runzelte die Stirn. „Wie bitte, soll ich heißen, mein Herr?“ Er sprach deutsch, allerdings mit dem etwas zischenden Akzent der Nordländer.

Alfred nickte heftig. „Ich habe mich nicht getäuscht. Sie sind Lars Lindström.“

Der kleine Disput war den Freunden natürlich nicht verborgen geblieben; sie traten neugierig näher.

Randy kannte Alfred am besten. Er stieß Turbo an. „Wenn Alfred so schaut, kocht es in ihm. Da ist irgend etwas im Busch, kann ich dir sagen.“

„Und was?“ wisperte Ela. Sie stand hinter den beiden Jungen und schaute über die Schultern.

„Wenn ich das wüßte“, murmelte Randy.

„Darf ich jetzt endlich durch, oder sind Sie hier ein Kontrolleur?“ fragte der Weißblonde gereizt. Er war sehr groß und breit in den Schultern. Er trug einen hellblauen Anzug und sehr feine Schuhe aus Krokoleder. Die allein machten ihn den Freunden schon unsympathisch. Menschen, die Pelzmäntel und Krokoschuhe trugen, konnten sie nicht leiden. Diese Typen nahmen doch keinerlei Rücksicht auf den Artenschutz, dachten sie.

Alfred nickte. „Selbstverständlich, Herr Lindström, Sie dürfen. Und gute Reise.“

Lindström schüttelte nur den Kopf und ging davon. Alfred aber blieb noch. Er schaute ihm aus schmalen Augen nach, bevor er sich noch einmal den Fremden zuwandte.

„Wer war das denn?“ fragte Turbo.

Alfred strich über sein Kinn und zog ein besorgtes Gesicht. „Tja, Freunde, wer war das? Jedenfalls kein Mensch, dem ich unbedingt vertrauen würde.“

„Ein Gangster?“ flüsterte Ela.

Alfred runzelte die Stirn. „Sagen wir lieber eine zwielichtige

Erscheinung. Ja, das ist er. Der Mann wird in gewissen Kreisen der Schwede genannt, heißt Lars Lindström und gehört zu den Personen, die sich den Beruf Im- und Exportkaufmann gegeben haben."

„Er handelte also mit Waren."

„Richtig, Ela. Nur kommt es darauf an, mit welchen Waren man handelt."

„Stoff?" fragte Randy sofort.

„Weiß ich nicht. Ich glaube nicht, daß er ins Rauschgiftgeschäft eingestiegen ist." Alfred nickte Randy zu. „Deinem Vater ist er übrigens auch bekannt."

„Woher kennt Vati ihn?"

„Von Kongressen. Lindström treibt sich überall herum, wo es um neue Technologien geht. Die bringt er dann in gewissen Ländern an den Mann. Ganze Anlagen, auch Waffen, Computer, er ist eben ein Typ, der alles verkauft. Der würde sogar seine eigene Mutter verscherbeln."

„Was sucht er auf dem Schiff?" wollte Ela wissen.

„Das ist die Frage."

„Computer", sagte Turbo. „Alfred hat doch gesagt, daß er die verkauft."

„Im Prinzip hast du recht. Aber diese Computer hier, die wird er kaum verkaufen können. Das ist eine normale Hardware, die ist auch hinter dem Eisernen Vorhang bekannt. Ich weiß nicht genau, was er hier zu suchen hat, aber sein Erscheinen paßt mir überhaupt nicht in den Kram."

Randy nickte heftig. „Wir werden schon ein Auge auf ihn haben, Alfred, darauf kannst du dich verlassen."

Der Mann mit dem Oberlippenbart verzog das Gesicht. „Es will mir nicht gefallen, es will mir überhaupt nicht gefallen, daß sich Lindström unter die Passagiere gemischt hat. Ich bin fest davon überzeugt, Freunde, dieser Mann verfolgt bestimmte Pläne."

„Wir werden achtgeben."

Alfred verdrehte die Augen. „Kinder, paßt auf. Lars Lindström ist ein Typ, der keinen Spaß versteht, wenn es um Dinge geht, die ihn betreffen. Ich glaube sogar, daß er in Deutschland gesucht wird. Seine Geschäfte sind wichtig, nur seine. Denkt immer daran. Hoffentlich wird diese Reise so, wie ihr sie euch vorgestellt habt. Am liebsten wäre mir ja, wenn ihr absagen würdet."

„Nein!“ Die drei riefen es wie aus einem Mund. „Das kommt überhaupt nicht in Frage.“

„Klar, ich weiß.“ Alfred schaute auf das Schiff, wo Lindström verschwunden war. „Gebt acht, Freunde. Sollte etwas Unerwartetes eintreten, sagt mir Bescheid. Wie auch immer. Am besten wäre es noch, wenn ich der Route mit dem Wagen folge. Ihr werdet in St. Goar übernachten – oder?“

„Ja, da soll der Kahn anlegen“, bestätigte Turbo.

„Und ein Bordfest gibt es auch“, fügte Ela hinzu.

Alfred nickte. „Mal sehen, wie ich mich entscheide. Wie gesagt, bekommt keinen Schreck, wenn ich plötzlich in St. Goar auftauche. Dann bin ich es tatsächlich und nicht mein Geist.“

Noch einmal drückte er ihnen die Hände, dann ging er den Weg zum Wagen zurück, ohne sich umzuschauen.

„Puh“, sagte Ela und strich durch ihr Haar. „Steht uns da möglicherweise etwas bevor?“

Turbo hob die Schultern, Randy tat es ihm nach, wobei er noch sagte: „Wir werden jedenfalls die Augen offenhalten.“

„Zu übersehen ist der Weißblonde ja nicht“, meinte Ela, während sie ihre Reisetasche hochnahm und vor den beiden Jungen den Steg betrat, der das Ufer mit dem Schiff verband.

Nur wenige Sekunden später folgten ihr Randy und Turbo nach. An Bord stellten sie sich an die Reling und schauten zurück.

Alfred hatte die Parklücke verlassen. Er fuhr bereits über die breite Uferstraße in Richtung Brücke. Ob er ihr Winken noch gesehen hatte, konnte keiner der Freunde sagen.

„Und jetzt?“ fragte Ela.

„Schauen wir uns das Schiff an.“ Turbo grinste breit...

Die Kabinen für die Passagiere lagen im unteren Teil des großen Schiffes, aber noch über dem Wasserspiegel. Turbo und Randy teilten sich eine, die von Ela Schröder lag neben der ihren, und es gab sogar eine Verbindungstür, die nicht verschlossen war, wie Ela feststellte, als sie die Tür aufschob und den Kopf in den anderen Raum steckte.

„He, Fans, hier bin ich.“

Die beiden Jungen drehten sich um. Randy grinste. „Schau an, Möpschen hat die Tür offen."

Elas Gesicht verdüsterte sich. „Wenn ich noch einmal das Wort Möpschen höre, liegst du gleich bei den Fischen."

„Falls du welche findest."

„Ich schon. Der Rhein soll ja wieder sauberer sein."

„Trinken möchte ich das Wasser trotzdem nicht."

„Wollt ihr mal schauen?"

„Klar!"

Die Jungen gingen in Elas Kabine. Die *Rheinperle* hatte schon abgelegt und die südlichen Ausläufer der Stadt Köln erreicht. Alle Passagiere befanden sich an Deck; in einer halben Stunde sollte man sich versammeln, da wurde eine Ansprache gehalten und ein kleiner Empfang gegeben.

„Ein bißchen eng!" meinte Turbo und trat an das viereckige Fenster, um hinauszuschauen. Ein schnelles Boot überholte sie und hinterließ eine lange Gischtfahne.

„Für eine Person reicht es." Ela öffnete eine kleine Seitentür. „Sogar eine Dusche und eine Toilette habe ich."

„Wir auch", sagte Randy.

„Aber ich für mich allein."

„Du bist eben etwas Besonderes."

„Tja, Randolph Ritter, das sagen meine Eltern auch immer." Ela versuchte, ein hochnäsiges Gesicht zu ziehen, was ihr nur unvollkommen gelang und sie selber zum Lachen brachte.

„Wie besonders bist du denn?" erkundigte sich Turbo.

„Das muß ich mir noch überlegen."

„Kannst ja Weinkönigin werden", schlug Randy vor.

„Sorry, aber bis zur Weinlese gehen noch einige Wochen ins Land. Die findet erst im Oktober statt."

„Wohl auf der *Akamie* gewesen, wie?"

„Klar. Da habe ich sogar studiert. Aber nicht auf der *Akamie*, sondern auf der *Unität*."

Randy grinste. „Richtig, die *Unität* für Gehirnamputierte."

Plötzlich war Ela bei ihm. Sie sprang ihn an. Randy, der nicht schnell genug reagierte, bekam den Treffer an die rechte Schulter, flog zurück und landete auf dem Bett. Er hob die Arme, lachte und rief dazwischen, daß er sich ergeben wollte.

„Wird auch Zeit, Herr Ritter."

Randy kam wieder hoch. Ela sah ihn ernst an. „Ich muß immer an den komischen weißblonden Schweden denken. Ob der uns Ärger machen kann?"

„Wir haben doch nichts mit ihm zu tun."

Ela hob die Schultern. „Ich weiß nicht, Randy. Erinnere dich mal an Alfreds Gesicht."

„Ja und?"

„Das hat mir überhaupt nicht gefallen. Der hat ausgesehen, als wäre etwas in ihm vorgegangen."

„Er kennt ihn halt."

„Und dein Vater ebenfalls."

Randy nickte. „Weiß ich. Durch seinen Job kennt mein Vater verflixt viele Leute, aber nicht nur gute, kann ich dir sagen. Da sind schon manche Schlitzohren darunter."

„Eben."

„Dann rechnest du mit Ärger?"

Ela hob die Schultern. „Das will ich nicht sagen. Ich werde schon die Augen aufhalten. Bei dem Glück, das wir immer haben, stolpern wir bestimmt wieder in ein neues Abenteuer."

Randy hob die Schultern. „Was soll's? Wir werden es nehmen, wie es kommt. Jedenfalls ist es durch das Auftauchen des Schweden nicht langweiliger geworden."

„Das stimmt."

Im nächsten Moment schauten beide hoch zum Kabinenlautsprecher, aus dem die Stimme von Dieter Müller klang. Er bat die Passagiere auf das Oberdeck, wo alles für den kleinen Empfang vorbereitet war und es auch einen Imbiß geben sollte.

„Das wird die Leute reizen", sagte Randy.

„Dich auch?"

Er stand vom Bett auf. „Kaum, denn ich habe gut gefrühstückt."

„Aber mich reizt es", meldete sich Turbo. „Wann tigern wir hoch, Freunde?"

„Sofort."

Sie waren nicht die einzigen, die den Niedergang hochschritten, der zum Oberdeck führte. Das Schiff war geräumig gebaut. Auf dem Oberdeck gab es einen großen Aufenthaltsraum und einen etwas kleineren; beide wurden durch eine Glastür voneinander getrennt. Zwei Durchgänge an der Back- und der Steuerbordseite erlaubten es den Passagieren, das Deck zu betreten. Man konnte direkt an die weißgestrichene Reling und dann weiter an ihr entlang bis zum Heck gehen und von dort über eine Treppe aus Metall auf das Freideck steigen, wo Liegestühle und bequeme Gartenstühle standen.

Die Brücke befand sich ebenfalls dort, aber deren Besichtigung verschoben die Freunde auf später.

Zunächst drängten sie mit den anderen zusammen auf das geschlossene Oberdeck.

Durch die breiten Scheiben hatten sie eine gute Sicht auf beide Ufer. Sie unterfuhren die Rodenkirchener Brücke und nahmen Kurs auf Bonn und das Siebengebirge, wo auch der Drachenfels liegt, ein berühmter Berg, Ziel zahlreicher Kegeltouren und Familienausflüge.

Helfer hatten die Tische aus der Mitte geschoben, damit genügend Platz war, denn die Firma gab hier einen kleinen Stehempfang. Ein kaltes Buffett war auch aufgebaut, und manch hungriger Blick glitt über die dort stehenden Köstlichkeiten.

Natürlich wurden auch die neuesten Computer der Firma präsentiert, für die sich besonders Turbo interessierte. Er hatte sich von seinen Freunden abgesondert, die nach dem Weißblonden Ausschau hielten, ihn aber nicht entdecken konnten.

Auf einem kleinen Podium hatte Herr Müller seinen Platz gefunden. Er pustete in ein Mikrofon, war mit der Sprechprobe zufrieden, räusperte sich zweimal geräuschvoll und begann mit seiner Rede.

„Zunächst möchte ich Sie noch einmal im Namen der Firma Tricom herzlich willkommen heißen und Ihnen allen eine wunderschöne Fahrt wünschen. Ich habe mit dem Wettergott gesprochen, und der hat mir versprochen, daß der Himmel so blau bleiben wird.“ Er lachte kurz, und einige Leute fingen an zu klatschen.

Randy und Ela schüttelten nur die Köpfe. Die beiden hatten sich einen Platz nahe der Tür ausgesucht, nicht weit vom Buffett entfernt. Die meisten Passagiere saßen mit dem Rücken zu ihnen.

Die Rede war wie viele. Lang und langweilig. Natürlich stellte Dieter Müller stets die Produkte der Firma in den Vordergrund und gab auch bekannt, daß er und seine Kollegen allen Fragenden gern mit Rat und Tat zur Seite stehen würden. Demonstrationen am Computer würde es auch noch geben, und es stand auch einem Kauf nichts im Wege.

„Das habe ich mir gedacht“, wisperte Ela. „Die Reise ist mehr eine Reklamefahrt. Alfred hatte recht.“

„Ich kaufe keinen.“

„Denkst du ich?“

Inzwischen hatte sich auch Turbo zu ihnen gesellt. Er schielte auf das Buffett und zog dabei seine Augenbrauen hoch. „Hm, das sieht nicht schlecht aus. Lachs und Forelle, gefüllte halbe Eier – Kinder, das ist etwas für Mutters Sohn. Wann geht es denn los?“

„Frag den Müller“, schlug Ela vor.

„Der denkt doch nur in *Bits*.“

Randy stieß Turbo an. „Hast du den komischen Schweden unter den Zuhörern ausgemacht?“

„Nee. Ehrlich gesagt, an ihn habe ich auch nicht gedacht. Die Computer waren interessanter. Ich habe einen gesehen, der könnte mich interessieren.“

„Mit Monitor und Drucker?“

„Klar, Ela, das gehört dazu.“

„Und was machst du damit?“

Turbo hob die Schultern. „Ich kann damit alles erfassen.“

„Das hast du doch schon“, sagte Randy.

„Klar, was unsere persönlichen Dinge betrifft, aber ich denke weiter. Vielleicht kann ich ja auch deinem Vater helfen. Man kommt nicht mehr ohne Computer aus.“

„Ich schon“, erklärte Ela, „denn ich zeichne.“

„So etwas übernehmen die Computer heute auch. Bald sind die technischen Zeichner überflüssig.“

Sie tippte dem japanischen Jungen mit der Fingerspitze gegen die Brust. „Kennst du den Unterschied zwischen zeichnen und malen? Schau dir meine Bilder an. Die sind gemalt.“

„Ach ja?“

„Was denkst du denn?“

Randy gab die Antwort. „Turbo nimmt an, sie wären nur gekleckst. Aber du kennst ihn ja, manchmal ist er nicht richtig im Hirn. Der hat eben keine Ahnung.“

„Hör mal, Randy, ich...“ Turbo kam nicht mehr dazu, den Satz zu beenden, denn Dieter Müller eröffnete das kalte Buffett, und das war das Signal, auf das alle gewartet hatten.

Urplötzlich entstand großes Gedränge. Die Freunde hatten es besser. Sie gehörten zu den ersten, schnappten sich ein Besteck und räumten schon mal ab.

Natürlich gab es auch zu trinken. Den Sekt ließen die Freunde stehen und entschieden sich für Saft.

„Der Schwede ist noch immer nicht da“, sagte Randy.

Turbo verzog das Gesicht. Da er kaute, konnte er nicht sofort eine Antwort geben. „Was hast du nur mit dem komischen Schweden? Laß ihn in Ruhe, dann läßt er auch dich in Ruhe.“

Randy hob die Schultern. „Vielleicht will ich gar nicht in Ruhe gelassen werden?“

Ela wischte sich Mayonnaise aus dem Mundwinkel. „Willst du wieder James Bond spielen?“

„Nicht direkt. Ich bin nur neugierig. Ihr wißt nicht zufällig, in welcher Kabine der Kerl steckt?“

„Nein.“

„Mich macht schon mißtrauisch, daß er nicht hier ist und sich was hinter die Binde gießt. So etwas ist unnormal.“

„Der hat vielleicht keinen Durst.“

„Möglich, Ela. Oder er ist mit anderen Dingen beschäftigt. Das kann auch sein.“

Die ersten Passagiere fingen an zu rauchen. Der Qualm zog

in dicken, trägen Wolken durch das helle Sonnenlicht, das durch die Scheiben fiel.

„Hier gefällt mir die Luft nicht“, sagte Turbo und stand auf. „Ich gehe nach draußen an die Reling.“

„Gehen wir doch alle“, sagte Ela. „Was meinst du, Randy?“

„Ja, gleich“, murmelte Randy geistesabwesend.

Während Turbo schon nach draußen ging, tranken Ela und Randy noch ihre Gläser aus. Dann schoben sie ihre Stühle zurück und suchten sich einen Weg durch die Tischreihen ins Freie.

An die Reling gelehnt, wartete Turbo schon auf sie. Er schaute zum anderen Ufer hinüber. „Liegt da drüben das Siebengebirge?“

„Ja.“ Ela streckte den Arm aus und machte den Zeigefinger lang. „Siehst du die Burg da oben?“

„Auf dem Berg die, nicht?“

„Genau, das ist der Drachenfels. Stimmt's, Randy?“ Der gab keine Antwort, was Ela mißtrauisch machte. Sie dachte, Randy würde hinter ihr stehen, doch als sie sich umdrehte, schaute sie nur in die Gesichter zweier fremder Männer.

„Was ist denn?“ fragte Turbo.

„Randy ist nicht da.“

„Na und?“

„Hör auf mit na und. Ich habe das Gefühl, daß er den komischen Schweden sucht...“

Turbo verdrehte die Augen. „Auch das noch. Uns bleibt mal wieder nichts erspart.“

Der weißblonde Lars Lindström war für Randy zu einem roten Tuch geworden. Wenn Alfred sich an einen derartigen Typ erinnerte, hatte der Kerl sicherlich Dreck am Stecken. Der machte diese Reise bestimmt nicht zum Vergnügen. Männer wie Lindström taten nichts ohne Hintergedanken, das stand für Randy fest.

Er dachte darüber nach, wo er den Mann finden konnte. Da gab es mehrere Möglichkeiten. Der Schwede konnte sich in seiner Kabine verkrochen haben, oder er hockte auf dem freien Oberdeck, und das war Randys erstes Ziel. Er hatte seinen Freunden nicht Bescheid gesagt, weil er sich nur umschauen wollte. In wenigen Minuten würde er die beiden wieder erreicht haben, dann konnten sie weiterreden.

Vor den beiden Aufgängen zum freien Oberdeck stand niemand. Die Gäste interessierten sich mehr für das Essen und die Getränke. Später würden auch sie ins Freie gehen.

Wind fuhr Randy ins Gesicht, als er den Schutz der Aufbauten verlassen hatte. Über die Treppe aus Metall stieg er hoch. Unwillkürlich schritt er etwas langsamer und leiser, denn er hatte trotz der Außengeräusche eine Männerstimme gehört.

Randy blieb stehen. Noch konnte er den Mann nicht sehen, da ihn die Aufbauten an der Treppe deckten. Doch der Wind trug den Schall der Stimme an die Ohren des Jungen.

Randy duckte sich. Er zog sich in dieser Haltung noch zwei Stufen höher und konnte nun besser verstehen, was gesprochen wurde. Zum Glück unterhielten sie sich in deutsch.

„Ja, bisher ist alles klar gegangen. Ich hoffe, daß es auch weiterhin keine Schwierigkeiten gibt."

Randy wunderte sich, daß er den Gesprächspartner des Schweden nicht hören konnte, schob sich noch höher, schaute schräg nach rechts und dann über die Treppenwand hinweg.

Da sah er den Schweden stehen. Der Fahrtwind wehte dessen blondes Haar in die Höhe und ließ die Jackettschöße flattern. In der linken Hand hielt der Mann einen Gegenstand. Als er seinen Kopf vorbeugte und in diesen Gegenstand hineinsprach, wußte Randy Bescheid. Es handelte sich um ein Walkie-talkie, ein drahtloses Sprechgerät, das der Schwede benutzte, um mit einer Person zu sprechen, die sich bestimmt nicht auf dem Schiff befand.

Aber wo steckte sie?

Randy vernahm das Quäken der anderen Stimme, ohne ein Wort verstehen zu können. Dafür redete Lindström wieder.

„Das ist alles soweit klar. Ich hörte, daß die Kiste geborgen sein soll. Wir können uns treffen."

Gern hätte Randy die Antwort verstanden, leider war es nicht möglich. Dafür aber sagte der Schwede einen Satz, der den Jungen elektrisierte. „Nur etwas stört mich. Man hat mich erkannt." Eine kurze Pause: „Ja, es war ein alter Bekannter, ich komme im Moment nicht auf den Namen." Wieder eine Zuhörerpause. „Nein, er ist nicht auf dem Schiff. Der hat nur drei Jugendliche hingebracht. Ob die Bescheid wissen, steht in den Sternen. Ich kann es nicht glauben. Aber ich werde die Augen offenhalten. Ansonsten melde ich mich wieder. Ich will auch, daß ihr in der Nähe bleibt. Alles klar?"

Die Antwort schien ihm zu gefallen. Randy sah, wie er das Gerät in der Tasche verschwinden ließ.

Der Junge ging jetzt aufs Ganze. Er wollte sich nicht zurückziehen. Er richtete sich auf und stieg mit festen Schritten die restlichen Metallstufen hoch.

Lars Lindström drehte sich um und schaute den Jungen voll an. Zum erstenmal hatte Randy Gelegenheit, sich den Mann genauer zu betrachten. Das Gesicht kam ihm hart vor. Die Lippen waren schmal wie zwei Messerrücken. Randy fiel auf, daß Lindström ziemlich große Ohren hatte. Seine Pupillen schienen aus Eiskristallen zu bestehen.

Randy überwand die letzte Stufe, und der Schwede trat ihm in den Weg. „Was willst du hier?"

„Mich ... mich umschauen. Oder ist es verboten, an Deck zu gehen?"

„Nein, das nicht."

Randy schob sich an ihm vorbei. So dicht, daß er das herbe Rasierwasser des Mannes riechen konnte. Er blickte über das Wasser und entdeckte ein schnittiges Motorboot, das in Höhe der *Rheinperle* fuhr.

Sollte sich auf diesem Schiff die Person befinden, mit der der Schwede gesprochen hatte?

Randy blieb an der Backbordreling stehen und erkannte trotz der Entfernung und dem blendenden Sonnenlicht, daß sich auf dem Schiff zwei männliche Personen aufhielten. Ihm war, als hätten sie seinen Blick bemerkt, denn der Mann am

Steuer gab Gas. Das Boot schien mit dem Bug aus dem Wasser springen zu wollen, dann schoß es wie ein Torpedo davon.

Randy blieb an der Reling, roch wieder das Rasierwasser. Er wußte sofort, daß der Schwede hinter ihm stand. „Na, gefällt dir die Reise?“ Lindström stellte sich rechts neben ihn.

„Ja."

„Du hast sie gewonnen, nicht?"

„Ein Freund."

„Ach so." Lindström schaute auf das Wasser, während er sprach. Er vermied es, Randy anzusehen. „Der Mann, der euch zum Schiff gebracht hat, ist das ein Bekannter?"

„Kann sein."

Lindström lachte. „Warum gibst du mir so knappe Antworten?"

„Weil es Sie nichts angeht."

„Tatsächlich nicht?"

„Nein."

Lindström drehte den Kopf nach links. Randy hatte die Bewegung bemerkt und schaute dem Mann ebenfalls ins Gesicht. Er erschrak über den kalten Ausdruck in den Augen des Schweden. „Weshalb bist du so pampig, mein Freund? Schließlich hat mich euer Begleiter angesprochen, weil er dachte, mich zu kennen."

„Das ist mir egal."

„Kennt er mich denn?"

„Woher soll ich das wissen?" Randy blieb gelassen, obgleich er innerlich fieberte.

Der Schwede leckte über seine dünnen Lippen. „Es könnte ja sein, daß er mit euch über mich geredet hat."

Randy verzog die Mundwinkel, was ihm einen arroganten Ausdruck gab. „Sehen Sie sich denn als so wichtig an, daß über Sie geredet werden muß?"

Der Weißblonde erstarrte. „Werde nur nicht frech, Bursche. Ich kann auch anders."

„Sie haben mich doch angemacht."

„Angemacht?" Lindström lachte. „Das glaube ich dir kaum. Ich wundere mich nur, daß du dich hier an Deck verirrt hast, wo die anderen unten sind und essen. In deinem Alter habe ich auch immer gegessen. Hast du keinen Hunger?"

„Muß ich das?" fragte Randy zurück.

„Nein."

„Dann lassen Sie mich in Ruhe. Ich habe keine Lust mehr, mit Ihnen zu sprechen.“ Randy wandte sich ab, aber die Hand des Schweden war schneller. Sie lag plötzlich auf seiner Schulter und hielt ihn zurück. „So leicht geht das nicht, mein Freund. Ich will von dir wissen, was Sache ist. Weshalb schleichst du mir nach? Was hat dir dein Begleiter gesagt?“

Randy funkelte den Mann an. „Lassen Sie mich sofort los!“

„Was hat der Typ euch gesagt?“

Da trat Randy zu. Blitzschnell, aber gezielt. Da er weiche Schuhe trug, schmerzte es ziemlich, als die Spitze das Schienbein des Weißblonden erwischte.

Lindström schossen zwar keine Tränen in die Augen, aber er bekam einen gemeinen, hinterhältigen Ausdruck. Er drohte mit dem Zeigefinger, und sein Gesicht erinnerte an eine böse Maske. „Hüte dich, mein Freund, mir in die Quere zu kommen. Setz dich mit deinen Kumpanen in eine Ecke und sei ruhig. Haben wir uns verstanden?“

„Klar doch!“ gab Randy zurück. „Alles klar.“ Er nickte dem Mann zu. „Sie brauchen keine Angst zu haben. Was können wir schon tun?“ Randy grinste wieder und zog sich zurück. Wenig später war er verschwunden, und sah nicht mehr, wie ihm der Schwede böse nachschaute.

Randy merkte, wie stark sein Herz klopfte. Alfred hatte mehr als hundertprozentig recht gehabt. Dieser weißblonde Kerl war gefährlich wie eine Ladung Dynamit. Und wahrscheinlich lief ein großes Ding ab, von dem noch kaum jemand Ahnung hatte.

Was tun?

Randy überlegte, ob er vom Schiff aus Alfred anrufen sollte, verwarf den Gedanken wieder. Er wollte keinen verrückt machen. Außerdem hoffte er, daß Alfred sein Versprechen hielt und in St. Goar auf die Freunde wartete.

Der Empfang war noch nicht beendet. Dieter Müller, der Bebrillte, befand sich in seinem Element, während er die Computer erklärte. Junge Stewards in weißen Jacken liefen mit gefüllten Tabletts umher und reichten die Getränke.

Randy spürte Trockenheit in seiner Kehle. Er nahm ein Glas bei einem jungen Mädchen vom Tablett. Bevor die Kleine weitergehen konnte, fragte Randy: „Können Sie mir eine Auskunft geben?"

„Um was geht es denn?"

„Es ist ein Bekannter von mir, glaube ich. Ein großer Mann mit weißblonden Haaren. Kennen Sie den?"

„Ich habe ihn gesehen."

„Gut. Wissen Sie auch, welche Kabine er hat?"

„Nein."

„Wo kann ich das erfahren?"

Sie zuckte mit den Achseln und schaute sich um. Dann erhellte sich ihr Gesicht. „Herr Müller müßte die Passagierliste haben. Frag ihn doch mal."

„Ja, danke, die Idee ist gut."

Das war sie tatsächlich.

Von Ela und Turbo war nichts zu sehen, so drängte sich Randy allein durch die herumstehenden Gäste bis zu dem Platz, an dem Herr Müller seine Rede gehalten hatte. Das kleine Pult war verwaist. Dahinter stand ein Tisch, auf dem einige Papiere lagen. Niemand kümmerte sich um Randy, als dieser vor dem Tisch stehenblieb und seine Blicke schweifen ließ. Der Junge nickte zufrieden, das paßte ihm gut.

Herr Müller hatte alles mit deutscher Gründlichkeit vorbereitet. Die Liste befand sich in einem Schnellhefter unter den Papieren und war alphabetisch geordnet. Randy schlug bei L nach, fand den Namen Lindström sofort und stellte fest, daß dessen Kabine nicht weit von der ihren entfernt lag. Er merkte sich die Nummer, bevor er den Hefter wieder zuklappte. Dann wurde er zur Seite gebeten, denn Helfer räumten ab und um.

Jetzt war die Sache klar. Randy ahnte allerdings auch, daß er und seine Freunde von nun an unter Kontrolle standen. Lindström war offensichtlich alarmiert. Vielleicht mußten sie auch damit rechnen, daß der Schwede noch Helfer unter den Passagieren hatte. Jedenfalls durften sich die drei Freunde auf keinen Fall auffällig bewegen.

Turbo und Ela hatten ihren Platz an der Reling nicht verlassen. Sie waren sauer, als Randy endlich wieder bei ihnen eintraf.

„Mann, wo hast du so lange gesteckt?“ beschwerte sich Ela. „Wir dachten schon, du wärst über Bord gegangen.“

„Unsinn!“

„Wo warst du denn?“

Randy deutete in die Höhe. „Oben, ich war oben.“

„Frische Luft hättest du auch hier haben können“, meinte Turbo.

Randy nickte. „Klar.“ Er schaute über das Wasser zum anderen Ufer hinüber, wo sich die Weinberge wie erstarrte Riesenwellen die Hänge hochzogen. „Die Luft hätte ich auch hier haben können. Aber dafür habe ich da oben unseren Freund getroffen.“

„Lindström?“

„Nicht so laut, Ela.“

Fragend sah das Mädchen Randy an. Als sie den ernsten Ausdruck in seinem Gesicht erkannte, verstummte sie.

„Erzähl mal“, forderte Turbo seinen Freund auf.

Randy berichtete. Seine Freunde hörten ihm zu und konnten nur staunen. Keiner aber konnte sich denken, was da genau lief.

„Jedenfalls ein heißes Ding“, sagte Turbo leise. „Sonst hätte sich der Typ Randy gegenüber nicht so angestellt.“

„Das meine ich auch“, stimmte Ela nickend zu.

„Worum könnte es denn gehen?“ murmelte Turbo.

„Hat Alfred nicht gesagt, daß dieser Kerl Kaufmann ist? Der wird bestimmt etwas zu verkaufen haben.“

„Und bestimmt keine Gummibärchen“, sagte Ela, die in den letzten Minuten doch etwas nervöser geworden war, denn so hatte sie sich die Reise nicht vorgestellt...

4. Ein geheimes Treffen

In Koblenz legten sie an!

Wer Lust hatte, konnte die sechzig Minuten zu einem Spaziergang nutzen und besichtigen, was jeder Schüler aus dem Erdkundeunterricht kennt. Die Rede ist vom Deutschen Eck!

Dabei handelt es sich um eine Landzunge am Zusammenfluß von Mosel und Rhein. Der Name geht auf die Ritter des Deutschen Ordens zurück, die um 1216 dort in der Nähe eine Niederlassung hatten.

Koblenz, das Deutsche Eck und die gegenüber der Moselmündung liegende Burg Ehrenbreitstein, sie bildeten die touristischen Attraktionen der Stadt Koblenz.

Die Fahrt war bis zum ersten Landgang völlig normal verlaufen. Der Schwede hatte sich nicht mehr sehen lassen, wahrscheinlich steckte er in seiner Kabine.

Das Schloß-Trio gehörte zu den ersten Passagieren, die das Schiff in Koblenz verließen. Sie hatten noch ein Mittagessen an Bord eingenommen und wollten sich an diesem sonnigen Nachmittag kurz Koblenz anschauen, vorausgesetzt es kam ihnen nichts in die Quere.

Am Ende des Stegs, wo sich eine Andenkenbude befand, an der man auch Eis und Getränke kaufen konnte, blieben sie stehen und beobachteten die Passagiere, die nach ihnen das Schiff verließen.

„Wann kommt Lindström?“ fragte Ela.

„Vielleicht gar nicht“, meinte Turbo. Er hatte sich ein Eis gekauft und leckte mit Genuß an der Kugel. „Auf dem Schiff geht es ihm doch gut, finde ich.“

„Irrtum“, sagte Randy. „Da kommt er.“

Der Schwede war nicht zu übersehen. Zusammen mit anderen Passagieren schlenderte er von Bord, gab sich lässig und hatte seine Hände in die Hosentaschen gesteckt.

„Das ist seltsam“, meinte Ela. Sie wurde von Randy zurück in die Deckung der Verkaufsbude gezogen, denn der Schwede machte den Eindruck, als würde ihm trotz seiner lässigen Haltung nichts entgehen. Vielleicht suchte er auch nach ihnen. In dieser Beziehung trauten sie dem Kerl eigentlich alles zu.

Die Freunde standen in guter Deckung. Turbo leckte weiter an seinem Eis. Diesmal hastiger als zu Beginn.

Randy schaute schon bald auf den Rücken des Mannes. Der Weißblonde gab sich noch immer als völlig normaler Passagier, der sich nur eben umschauen wollte.

Der Schwede ließ sich im Pulk der Menschen treiben. Die meisten Passagiere befanden sich in Hochstimmung. Sie hatten gut gegessen und getrunken, manche sogar etwas zu viel, was an ihrem Lachen zu hören war.

Lars Lindström ging jedoch nicht mit den anderen auf das große Denkmal auf der Landspitze zu, er schlug den Weg in die Stadt ein. Die zahlreichen Gassen und kleinen Straßen waren an schönen Tagen von wahren Touristenströmen überflutet, die, bewaffnet mit Kameras und Reiseführern, alles stürmten, was irgendwie touristisch interessant sein könnte.

Besonders die Amerikaner und Japaner unter ihnen fanden alles *lovely* und *wonderful*.

Das Schloß-Trio hatte da andere Probleme. Die Freunde wollten den Schweden auf keinen Fall aus den Augen verlieren. Zum Glück war der Mann groß, sein heller Haarschopf lugte deutlich sichtbar aus der Menge heraus.

Jetzt bog er in eine enge Straße ein, an der rechts und links fast nur Lokale und Andenkenbuden lagen.

Da das Wetter schön war, standen die meisten Türen offen. Musik klang bis hinaus auf die Straße, vermischt mit dem Lachen der weinseligen Gäste, und hin und wieder schob sich ein Reisebus wie ein gewaltiges Ungeheuer durch die Enge.

Der Schwede blieb auf dem schmalen Gehsteig. Manchmal schaute er sich blitzschnell um, als rechnete er damit, verfolgt zu werden.

„Jetzt könnte man seine Kabine durchsuchen“, sagte Randy, der mit seinen Freunden hinter einem Postkartenständer in Deckung gegangen war.

„Falls sie offen ist", schränkte Turbo ein. „Denn einbrechen darfst du nicht."

„Stimmt."

„Willst du denn wieder zurück?" fragte Ela.

„Wäre nicht schlecht – oder?"

„Na, ich weiß nicht."

Randy drehte sich um. „Doch, ich riskiere es. Geht ihr weiter. Vielleicht habe ich Glück."

„Welche Nummer hat die Kabine denn?" erkundigte sich Turbo.

„Achtzehn."

„Das ist fast bei uns!" rief Ela.

„Eben. Dann sehen wir uns später!" sagte Randy und war in der nächsten Sekunde in der Menge verschwunden.

Ela zog Turbo weiter. „Komm, sonst verlieren wir ihn noch aus den Augen." Der Schwede war plötzlich schneller geworden. Ela und Turbo rechneten damit, daß er sein Ziel bald erreicht hatte.

Zu vielen der Weinlokale in der Straße gehörten auch kleine Hinterhöfe, wo ebenfalls serviert wurde. Meist waren diese Plätze durch Einfahrten mit runden Torbögen zu erreichen.

Und in einer dieser Einfahrten tauchte der Schwede blitzschnell unter. Seine beiden Verfolger hatten es im letzten Augenblick gesehen. Turbo lachte auf.

„Was hast du?" fragte Ela.

„Es wird spannend."

„Woher weißt du das?"

„Keine Sorge, das spüre ich im großen Zeh." Wenig später hatten die beiden die Durchfahrt ebenfalls erreicht.

Musik drang ihnen aus dem kleinen Hinterhof entgegen, wo die Gäste auf Holzstühlen und an grünen Tischen saßen, sich Wein bringen ließen oder zu Mittag aßen.

Dicht an der Wand, aber so, daß es nicht allzu sehr auffiel, bewegten sich die beiden weiter. Und sie hatten Glück, denn während der Schwede mit zwei anderen Männern an einem Tisch hockte, drehte er ihnen seinen breiten Rücken zu.

Turbo pfiff leise durch die Zähne, was Ela irritierte. „Kennst du die Kerle etwa?“

„Nein.“

„Aber du hast gepfiffen.“

„Ja, nur so.“

„Hör auf mit dem Mist. Was machen wir?“

„Erst mal abwarten.“

Die beiden anderen Männer unterschieden sich von dem

Schweden wie der Tag von der Nacht. Sie waren dunkelhaarig, längst nicht so groß, was auch im Sitzen zu erkennen war, und sie schienen Südländer zu sein.

„Was die wohl zu bereden haben. Dicht genug haben sie ja ihre Köpfe zusammengesteckt“, meinte Turbo nach einer Weile.

„Klar, das soll auch keiner mitkriegen.“

„Richtig, Möpschen.“

Sie kniff Turbo in den Arm. „Jetzt fang du nicht auch noch damit an, sonst gibt es Ärger.“

Turbo grinste nur. „Ob das die beiden sind, von denen Randy gesprochen hat. Er sah doch ein Motorboot, das unser Schiff begleitete.“

„Möglich.“ Ela, die hinter Turbo stand, bekam einen Stoß, als sich der Junge hastig umdrehte und Ela hinter sich herzog. „Jetzt stehen sie auf – weg, Ela!“

Schnell rannten sie den Weg wieder zurück und bis auf die andere Straßenseite, wo sie unter der ausgefahrenen Markise eines Andenkenladens stehenblieben. Von herabhängenden, bunten Tüchern gedeckt, bekamen sie von hier aus alles gut mit. Es dauerte nicht lange, da traten der Schwede und die beiden anderen Typen aus der Einfahrt.

Sie blieben für einen Moment noch stehen, der Schwede sagte etwas und hob dabei den rechten Zeigefinger, dann drehte er sich um und ging rasch davon. Er schaute auf seine Uhr, und Ela hatte Angst um Randy.

„Mann, wenn der zum Schiff geht und Randy in der Kabine findet ...“

„Nein, er geht in ein Lokal.“

„Gut, gut.“

„Wir nehmen die anderen!“ zischte Turbo.

„Wie? Du willst hinter ihnen her?“

„Klar doch, wir haben noch Zeit.“

Die dunkelhaarigen Männer waren in eine schmale Gasse gegangen, die hinunter zum Fluß führte. Ela und Turbo ließen ihnen einen genügend großen Vorsprung. Auch jetzt waren sie vorsichtig, vielleicht hatte Lindström den beiden von ihnen erzählt.

Den Männern dicht auf den Fersen, erreichten sie einen kleinen Platz, der von Geschäften gesäumt war und wo Gäste vor zwei Cafés im Freien saßen. Dann ging es auf direktem Weg zum Flußufer weiter. Schließlich gelangten sie an einen kleinen Hafen, der durch eine Kaimauer vor dem Strom geschützt war. In diesem kleinen Hafen dümpelten viele Boote, Motorboote ebenso wie Frachtkähne.

„Nachtigall, ich hör *dir* trappsen", sagte Ela und nickte einige Male.

„Was hörst du Komisches?"

„Ach, das sagt man so bei uns. Ich weiß jetzt, daß sie zu einem Boot wollen."

„Ist mir auch klar."

Die Südländer blieben auf der Kaimauer stehen, schauten über das Wasser und sprachen miteinander. Ein paarmal schauten sie auf ihre Armbanduhren, als wollten sie die Zeit vergleichen.

Dann kam jemand, der mehrere Kanister brachte und in einem der Boote verstaute, das ziemlich groß war und leicht fünf Personen Platz bot.

„Sprit", sagte Turbo. „Die tanken Sprit, als hätten sie eine längere Reise vor."

„Vielleicht haben sie das auch."

Der Lieferant bekam sein Geld, dann gingen die beiden dunkelhaarigen Männer an Bord.

Ela und Turbo warteten noch eine Weile, aber die Kerle machten keine Anstalten, zu starten. Sie ließen sich an Deck nieder und genossen den spätsommerlichen Sonnenschein.

„Hier herumstehen will ich auch nicht", beschwerte sich Ela. „Das ist mehr als öde."

„Frag mich mal." Turbo drehte schon ab. „Laß uns aufs Schiff gehen und mit Randy reden."

„Gut. Aber Alfred willst du nicht anrufen und Bescheid sagen ... oder?"

„Weshalb denn? Der wird nicht im Schloß sein. Wie ich den kenne, wartet er schon in St. Goar. Das ist nicht weit von hier. Zwei Stunden Fahrt, mehr nicht."

„Okay, laß uns gehen."

Eine Überraschung erlebten sie trotzdem. Schon am Steg,

wo die *Rheinperle* schmuck, weiß und bewimpelt lag, stand plötzlich Lars Lindström vor ihnen und starrte sie so scharf an, daß beide erschraken.

„Na?“ fragte der Schwede.

„Na?“ äffte Ela ihn an. „Was wollen Sie?“

„Wart ihr nicht zu dritt?“

„Klar.“

„Und wo ist euer Freund jetzt?“

„Das geht Sie einen Furz an, Meister“, sagte Turbo und drängte sich an dem Schweden vorbei, denn er und Ela wollten vor dem Mann an Bord des Schiffes sein.

„Hat der etwas bemerkt?“ flüsterte Ela.

„Weiß nicht, aber dreh dich nicht um.“

„Ich werde mich hüten.“

Sie atmeten erst auf, als sie die Decksplanken unter ihren Füßen spürten.

„Und wo ist Randy?“ fragte Ela.

„Bestimmt in der Kabine.“

Da war er nicht, und beide – Ela sowie Turbo – wurden allmählich blaß...

5. Erwischt

Nachdem sich die Freunde getrennt hatten, war Randy sofort zum Schiff gegangen. Der Kapitän des Schiffes, ein dunkelhaariger Mann mit zahlreichen Lachfältchen um die Augen stand an der Reling. „Na, gefällt dir der Landgang nicht?“ fragte er freundlich.

„Nicht so gut. Ich bin lieber auf dem tollen Schiff.“

Der Kapitän lachte. „Danke für das Kompliment. Wenn du willst, kannst du mich auf der Brücke besuchen. Ich erkläre dir gern die Funktionen der einzelnen Geräte."

„Das ist toll – danke." Randy nickte und lief weiter zum Niedergang.

So von den Passagieren verlassen, kam ihm das Schiff direkt komisch vor. Nur das Personal befand sich noch an Bord, auch Herr Müller. Er saß an einem Tisch, schrieb, rechnete und war in seine Arbeit versunken. Er nahm Randy gar nicht wahr.

Über den Niedergang erreichte der Junge das große Kabinendeck. Der Gang auf diesem fast brandneuen Schiff war holzgetäfelt, den Boden schmückte ein grüner Teppichboden.

Randy bekam fast ein schlechtes Gewissen. Gern tat er so etwas nicht, und er würde die Kabine auch nicht betreten, wenn sie verschlossen war. Aufbrechen kam nicht in Frage.

Von oben her hörte er das Scheppern von Geschirr und das Klirren von Gläsern. Das Personal deckte bereits für das Abendessen. So waren die Leute wenigstens beschäftigt und störten ihn nicht, dachte Randy.

Seine Blicke glitten über die Türen. Von dem dunkelgebeizten Holz hoben sich die messingfarbenen Buchstaben der Kabinennummern gut sichtbar ab. Er und Turbo hatten die Kabine zwölf. Ela die mit der Nummer zehn. Die ungeraden Zahlen lagen den Türen mit den geraden gegenüber.

Vor der Nummer achtzehn blieb Randy stehen. Sein Herz klopfte stark, es schien oben im Hals zu sitzen, der ihm wie zugeschnürt vorkam. Jedenfalls spürte er deutlich einen dicken Kloß in der Kehle.

Niemand war zu sehen.

Um die Türen zu öffnen, mußte man einen Knauf drehen. Randy legte die Hand um das Metall, spürte dessen Kühle und bekam einen Schauer. Sein etwas schief sitzender Mundwinkel zuckte, jetzt sah es wieder so aus, als würde er grinsen.

Er drehte den Knauf, drückte gegen die Tür und wünschte sich, daß abgeschlossen war. Es konnte gar nicht anders sein, wenn dieser Schwede etwas zu verbergen hatte.

Die Tür war offen!

Darüber erschrak Randy. War sein ganzes Mißtrauen grundlos gewesen? Hatte Lindström tatsächlich nichts zu verbergen? War alles umsonst gewesen? Wenn ja – weshalb hatte dieser Mensch dann so aggressiv reagiert?

Randy schlüpfte in die Kabine und schloß die Tür sofort hinter sich. Dann schaute er sich um.

Lars Lindström bewohnte eine Zweierkabine. Randy sah zwei Betten, die sich gegenüberlagen, den breiten Einbauschrank, die Sitzecke mit dem viereckigen Tisch davor, die beiden Fenster in der Bordwand – er sah also einen völlig normalen Raum, der ihm dennoch nicht so normal vorkam, denn irgend etwas störte den Jungen.

Er wußte nicht was. Vielleicht war es der Geruch in der Luft. Randy erinnerte sich an das Rasierwasser des Schweden, aber das hatte anders gerochen, nicht so süßlich.

Noch einmal schaute er sich um. Auf der niedrigen Ablage lag der helle Koffer des Schweden. Natürlich war er verschlossen. Randy ging in die Knie und sah, daß der Koffer zwei Schlösser besaß, die mit einem Zahlencode versehen waren.

Den bekam er bestimmt nicht auf, das wollte er auch nicht, aber der Koffer interessierte ihn schon.

Was konnte in ihm stecken?

Randy merkte sich die Lage genau, dann hob er den Koffer kurz an. Viel schien dieser nicht zu enthalten.

Vorsichtig ließ Randy ihn wieder sinken. Da entdeckte er unter einem der Betten einen zweiten Koffer. Bei einer derart kurzen Reise soviel Gepäck mitzunehmen, das war nicht normal. Als Einzelperson mit zwei Koffern zu reisen für eine Übernachtung, so etwas wollte nicht in seinen Kopf.

Da steckte mehr dahinter.

Und wieder fiel ihm der Geruch auf. Er nahm ihn sogar noch intensiver wahr, je näher er der kleinen Tür zum Bad kam. Randys Ahnung schlug plötzlich um in Gewißheit. Er rechnete damit, daß . . .

Nein, er brauchte nicht mehr weiter zu denken.

Plötzlich flog ihm die Tür des Bads förmlich entgegen. Da er nicht mehr rasch genug zur Seite springen konnte, erwischte ihn die Kante voll an der Stirn.

Etwas benommen taumelte Randy zurück. Eine wütende Frauenstimme schrie ihn an:

„Verflucht, was machst du hier?"

Randy schaute hoch.

Drei Augen blickten ihn an!

Doch eines davon war die kreisrunde Mündung einer kleinen, zierlichen Damenpistole...

In Momenten wie diesen nimmt man Kleinigkeiten wahr, auf die man sonst nicht achtet.

So erging es auch Randy. Er sah die rot lackierten Fingernägel der Frau, die so rot waren, als wären sie in Blut getaucht worden. Randy mußte sich überwinden, um seinen Blick von der Pistolenmündung abzuwenden. Mochte die Waffe auch aussehen wie ein Spielzeug, das war sie bestimmt nicht; und der harte Blick aus den Augen der Frau bewies Randy, daß sie nicht zu Späßen aufgelegt war.

„Was tust du hier?"

Der Junge zuckte unter dem peitschenden Klang der Stimme zusammen. Er hatte sicherheitshalber die Arme gehoben, ärgerte sich aber darüber, daß sich auf seiner Stirn ein dicker Schweißfilm gebildet hatte. Die Frau, die einen seidig schimmernden, cremefarbenen Morgenmantel trug, sollte nicht mitbekommen, daß er Angst hatte. Ihr Gesicht glich dem einer Puppe. Es war so starr und auch so blank und glänzend. Wahrscheinlich hatte sie eine Fettcreme aufgetragen. Vom Haar konnte Randy nicht viel erkennen. Ein zu einem Turban geschlungenes Handtuch verdeckte es. Nur wenige, dünne, rötliche Strähnen fielen in die Stirn. Der Mund war klein, die seitlichen Winkel ein wenig verzogen.

„Du hast meine Frage noch nicht beantwortet."

Randy nickte. „Ja, ich weiß..."

„Also?"

„Ich ... ich habe mich in der Kabine geirrt. Die ... die sehen alle gleich aus."

„Das stimmt."

„Sehen Sie, das kann passieren. Darf ich jetzt gehen?" Randy wollte sich auf die Tür zubewegen. Er kam nicht einmal dazu, seine Arme zu senken. Die scharfe Stimme der Frau hielt ihn zurück.

„Nicht so hastig, mein Freund. Dafür, daß du dich in der Kabine geirrt hast, bist du aber lange hiergewesen. Ich muß schon sagen, das wundert mich."

Randy suchte nach einer Ausrede. Er fand sie, aber sie kam ihm blöd vor. Unter dem Eindruck der Waffe kein Wunder. „Na ja, ich wollte eben ganz sicher gehen, wissen Sie."

„Ach ja?"

Randy nickte. Er überlegte krampfhaft, wann die Frau wohl an Bord gekommen war. Unter den Passagieren in Köln hatte er sie nicht gesehen. Möglicherweise war sie erst in Koblenz zugestiegen.

„Kennt dich der Mann, der hier wohnt?"

„Ich glaube schon."

„Was heißt das?"

„Nun ja, ich habe mit ihm gesprochen. Wir waren oben auf dem Außendeck. Haben Sie das nicht gesehen?"

„Nein, ich bin erst hier in Koblenz zugestiegen." Ihre Augen verengten sich. „Oder arbeitest du für Lars?"

Plötzlich sah Randy Land. Diese Frage eröffnete ihm Chancen, etwas mehr herauszubekommen. „Wenn ich ja sage, darf ich dann die Hände herunternehmen?"

„Bitte."

„Es ist so." Randy ließ die Arme sinken, aber die Frau senkte ihre Waffe nicht. Statt dessen griff sie mit der freien Hand in ihre Manteltasche und holte dort eine Zigarette mit goldenem Mundstück hervor, die sie lässig zwischen ihre Lippen schob.

Dann drückte sie ab.

Randy sah, wie sich ihr Finger am Abzug krümmte, seine

Augen weiteten sich in wilder Panik – dann hörte er ein Klikken.

Die Pistole war ein Feuerzeug, dessen Flamme bläulich in die Höhe stach und knisternd das Ende der Zigarette in Brand setzte.

„Angst gehabt, wie?"

„Stimmt."

Die Frau ließ die Feuerzeug-Pistole in die Tasche verschwinden und setzte sich. „So, nun mal raus mit der Sprache. Wo befindet sich Herr Lindström?"

„Er ist von Bord gegangen."

Sie nickte. „Hat er die beiden getroffen?"

„Sie meinen doch sicher ...", antwortete Randy geistesgegenwärtig kombinierend, da er ja vor dem Treffen der Ganoven die Freunde schon verlassen hatte.

„Klar. Maurice und Farcas", fiel ihm die Frau ins Wort.

„Nun ja, ich war nicht direkt dabei, bin gegangen, um hier in der Kabine auf ihn zu warten."

„Was hat er dir über mich gesagt?"

„Nichts."

„Tatsächlich nicht?"

„Nein ..." Randy suchte wieder nach einer Erklärung. „Ich wußte gar nicht, daß Sie kommen würden. Wenigstens nicht, daß Sie eine Frau sind. Er sprach noch von St. Goar." Randy hatte es mit einem Trick versucht, und richtig, die Frau fiel darauf herein.

„Da wird die Übernahme stattfinden", sagte sie.

„Ich weiß."

Die Frau stäubte die Asche lässig ab; daß Teile davon neben dem Becher auf den Tisch fielen, störte sie nicht. „Welche Aufgabe genau hat Lars dir zugeteilt?"

„Ich soll die Augen offenhalten. Er traut dem Braten nicht. Irgendwie fühlt er sich verfolgt."

Die Frau schüttelte den Kopf, während sie die Zigarette ausdrückte. „Nein, die andere Seite ahnt nichts. Ich habe genau recherchiert. Man ist in Bonn wieder mal völlig von der Rolle."

Hastig stand sie auf. „Gut daß ich dich jetzt kenne. Am besten ist es, wenn du auf dem Oberdeck bleibst und Ausschau nach dem Boot hältst."

„Das habe ich schon gesehen. Diese beiden Männer behalten uns im Auge."

„Dann kann ja nichts schiefgehen." Die Frau lächelte zum Abschied. Randy hatte Mühe, unauffällig aus der Kabine zu gehen. Am liebsten wäre er losgerannt.

Erst im Gang merkte er, wie stark ihm seine Knie zitterten. Himmel, das hätte ins Auge gehen können. Aber das Glück war mal wieder mit dem Tüchtigen gewesen. Jetzt sollte er es nur nicht zu sehr strapazieren und womöglich noch dem Schweden über den Weg laufen. Auf den konnte er gut verzichten. Der würde sowieso schäumen, wenn ihm die Frau von der ungewöhnlichen Begegnung erzählte.

Pfeifend und sich dadurch selbst Mut machend, ging Randy in seine Kabine. Sicherheitshalber schloß er sofort ab. Wer weiß, wozu Lindström alles fähig war. Der brachte es fertig, den Raum zu stürmen. Es dauerte eine Weile, dann klangen vom Gang her Schritte an seine Ohren. Auch andere Passagiere suchten ihre Kabinen auf. Überall klappten Türen. Plötzlich bewegte sich der Knauf an seiner.

„Wer ist da?"

„Wir sind es, Randy. Mach auf!" ertönte Elas Stimme.

Randy öffnete und ließ die Freunde eintreten. Ela wedelte mit der Hand kreisförmig vor ihrem Gesicht herum. „Sag mal, hast du ein Rad ab, dich hier einzuschließen?"

„Das hatte seine Gründe."

„Und welche?"

„Schließ mal die Tür ab, Turbo."

„Richtig verschließen?"

„Ja, doch!" erklärte Randy drängend.

Turbo hob die Schultern, schielte Ela mit einem Was-ist-denn-jetzt-los-Blick an und tat, wie ihm geheißen.

Inzwischen hatte sich Ela auf eines der Betten gesetzt. „So, Randy, jetzt mal raus mit der Sprache. Was soll das alles?"

„Ich habe Neuigkeiten."

„Welche?"

Randy schüttelte den Kopf. „Zuerst eure, Ela."

„Da gibt es nicht viel zu berichten." Sie faßte in wenigen Worten zusammen, was sie und Turbo erlebt hatten und fragte Randy, ob er vorhin, als sie schon mal die Kabine aufsuchten und ihn nicht vorfanden, noch beim Durchsuchen von der Kabine des Schweden war.

Randy nickte dazu. „Das bestätigt voll und ganz meine Theorie, Freunde. Auf dem Schiff, das uns verfolgte, befanden sich zwei Männer. Es müssen diese Südländer gewesen sein."

„Und was ist dir passiert?" Ela konnte es kaum erwarten, die Geschichte zu hören.

Während Randy erzählte, veränderten sich die Gesichter der beiden unaufhörlich. Staunen, Mißtrauen, Ablehnung, Bewunderung, da war eigentlich alles vorhanden, was man sich an Gefühlsregungen vorstellen konnte.

„Mann, der hat eine Komplizin!" flüsterte Turbo. „Darf es denn wahr sein. Wie heißt die Dame denn?"

„Das weiß ich nicht."

„Sicher ist", faßte Ela zusammen, „daß in St. Goar, wo der Kahn anhält, etwas geschehen wird. Die Frage ist nur, wann und was?"

„Beim Bordfest", sagte Randy. „Da ist soviel Trubel, daß es nicht auffällt, wenn mal jemand verschwindet oder neue Gäste an Bord kommen. Da werden sie den Coup landen."

„Fragt sich nur welchen."

Randy lachte Turbo an. „Hör mal, wir sind hier auf einem Computer-Schiff. Meiner Ansicht nach dreht sich das nur um diese Dinger. Da muß etwas im Busch sein. Illegale Ausfuhr oder so. Kann ich mir wenigstens vorstellen, da hat unsere Regierung den Daumen drauf."

„Von hier in den Ostblock ist es weit", gab Ela zu bedenken.

„Na und? Die können doch die Klamotten nur übergeben. Für den Abtransport wird schon gesorgt werden, denke ich."

Turbo nickte. „Da kann er recht haben. Die Frage ist, was machen wir jetzt? Bleiben wir in der Kabine?“

„Nie!“ rief Ela. „Hier kriegen wir doch nichts mit. Wir müssen schon an Deck und das komische Bordfest mitmachen oder wenigstens so tun, als würden wir feiern.“

Turbo verdrehte die Augen. „Bordfeste, wie ich die hasse. Das ist doch was aus der alten Kiste.“

„Am Rhein hier ist das so!“ erklärte Ela. „Die Leute sind scharf darauf.“

„Meinetwegen.“

„Nur eins dürfen wir nicht“, warnte Randy, „uns von Lars Lindström erwischen lassen. Was meint ihr, wie dumm der aus der Wäsche schauen wird, wenn die Frau ihm erzählt, wen sie in der Kabine getroffen hat. Die wird nicht mehr glauben, daß ich zu ihm gehöre.“

Ela und Turbo lachten. „Das Gesicht von dem Weißblonden möchte ich sehen!“ kicherte das Mädchen.

„Lieber nicht.“ Turbo winkte ab. Er kam auf ein anderes Thema zu sprechen. „Seid ihr eigentlich sicher, daß Alfred in St. Goar erscheinen wird?“

Ela runzelte die Stirn. „Sicher ist nur, daß wir hier hocken und bald ablegen werden.“

„Nein, nicht bald. Jetzt!“

Die Motoren des neuen Schiffes gehörten zum Modernsten, was es auf diesem Gebiet gab. Sie waren kaum zu hören. Als sie aus den Fenstern schauten, hatten die Freunde das Gefühl, als würde sich die Landschaft am anderen Ufer bewegen und nicht ihr Schiff.

Eine Durchsage erfolgte. Wieder sprach Dieter Müller. Er wies noch einmal darauf hin, daß er mit Rat und Tat bei der Besichtigung und beim Kauf der Computer zur Seite stehen würde und kam danach auf das Bordfest zu sprechen, daß um Punkt neunzehn Uhr beginnen sollte. Zum Abschluß seiner Rede wünschte er schon jetzt viel Spaß und viel Vergnügen.

„Damit kann er uns wohl nicht gemeint haben“, meinte Turbo.

„Wie recht du hast“, erwiderte Ela düster...

6. Üble Vorahnungen

Dr. Peter Ritter, der hochgewachsene Mann mit den braunen Haaren, der so gar nicht nach einem vertrockneten Wissenschaftler aussah, hatte Alfred erstaunt angeschaut, als dieser ihm seine Bitte vortrug.

„Über wen willst du Bescheid wissen?“

„Lars Lindström.“

„Ein Schwede?“

„Ja, Herr Ritter.“

Peter Ritter schaute aus dem Fenster seines Labors hinaus auf die Rheinwiesen, über denen golden der spätsommerliche Sonnenschein lag. „Ich kenne den Namen“, sagte er. „Aber er ist kein Kollege von mir.“

„Nein, er schimpft sich Kaufmann.“

Dr. Ritter fuhr herum. „Ha, dann weiß ich Bescheid. Das ist ein Mensch, der praktisch auf der schwarzen Liste der Regierung steht.“

„Richtig.“

„Lindström verkauft Technologien an Länder, die auf der schwarzen Exportliste stehen. Und wenn mich nicht alles täuscht, ist der Schwede einer der Haie.“

„Mit internationalen Beziehungen, Herr Ritter.“

„Stimmt genau. Eine Frage, Alfred. Weshalb interessierst du dich für diesen Mann?“

„Ich glaube, ihn gesehen zu haben.“

Dr. Ritter bekam große Augen und legte seine Stirn in Falten. „Wo? Hier bei uns?“

„Nein, in Köln. Wissen Sie, es ging alles sehr schnell, aber ich wollte nur sichergehen. Oder haben Sie gehört, daß er irgendwo einsitzt?“

„Nein, der lebt ja offiziell in der Schweiz. Am Vierwaldstätter See, nahe Luzern. Aber in der Bundesrepublik wird er schon gesucht, wenn ich mich nicht irre. Ich werde mal bei einem Bekannten vom Verfassungsschutz nachfragen.“

Was Dr. Ritter sich vorgenommen hatte, führte er auch

gleich durch. Er wählte eine bestimmte Nummer und bekam schnell eine Verbindung. Wenige Minuten später hatte er die entsprechenden Informationen erhalten. Ruhig legte er den Hörer wieder auf. „Er wird in unserem Land tatsächlich gesucht. Vergehen gegen das Exportgesetz." Der Ingenieur hob die Schulter. „Aber man konnte mir nicht sagen, ob er sich hier aufhält."

„Dann kann es durchaus sein, daß ich diesen Lars Lindström gesehen habe."

„Möglich."

„Gut, ich werde weiterhin die Augen offenhalten." Dann lächelte Alfred. „Und heute nachmittag hätte ich gern frei. Ich möchte das Wetter etwas genießen und rausfahren."

„Hast du eine neue Flamme, Alfred?"

„Kann sein."

Dr. Ritter lächelte. „Dann wünsche ich dir viel Spaß. Du kannst den Mercedes nehmen. Ich werde mich in den Garten setzen. Das ist bestimmt besser als im klimatisierten Labor herumzuhängen."

„Danke, Herr Ritter."

An dieses Gespräch mußte Alfred noch immer denken, nachdem er in Koblenz von der Autobahn abgebogen war, um auf der Bundesstraße 9 in Richtung Süden nach St. Goar zu fahren.

Er hatte Dr. Ritter von seinem konkreten Verdacht natürlich nichts erzählt, denn er wollte ihn nicht beunruhigen. Es war ein wunderschöner Spätnachmittag, und Alfred hatte eine gute Sicht auf die alten Burgen und Schlösser, die zu beiden Ufern des Rhein hoch auf den Bergen standen.

Auf seiner Seite lag Schloß Stolzenfels. Von der anderen Seite, wo die Lahn in den Rhein mündete, grüßte Burg Lahnstein, wenige Kilometer weiter, an einer Flußbiegung liegend, die Marksburg. Nach Boppard, wo er in einen Stau geriet, kam er bald nach Bad Salzig und hatte dann als nächsten Ort St. Goar vor sich. Diese Stadt wurde beherrscht von der größten Burgruine am Rhein, eben der Ruine Rheinfels. Kurz zuvor

konnte er noch einen Blick auf die beiden feindlichen Brüder auf der anderen Flußseite werfen. So wurden die Burgen Maus und Katz genannt, die sich gegenüberlagen und die sich seit Jahrhunderten schon zu belauern schienen.

Alfred wollte zunächst auf der Festung Rheinfels Kaffee trinken, denn da oben gab es ein Hotel und ein Restaurant. Man konnte die Burg auch für Feste und Feiern mieten. In dem Hof fanden mehr als 500 Personen Platz.

Viele Firmen hielten hier ihre Betriebsfeste ab und bestellten eines der beliebten „historischen" Essen. Man bekam die Gerichte nach alten, oft aus dem Mittelalter stammenden Rezepten zubereitet: Metzensuppe, Ochse am Spieß, Fladenbrot; man konnte Met trinken, aber auch Wein aus Gläsern, Füllhörnern oder Humpen. Das kam immer auf den Durst an.

St. Goar gehörte ebenfalls zu den *In*-Orten am Rhein. Dementsprechend überlaufen war es. Alfred wunderte es nicht, daß er wieder in einen Stau geriet und so erst spät die Auffahrt zur Burg hinauffuhr. Auf der engen, kurvenreichen Straße kamen ihm gleich vier Busse hintereinander entgegen. Um Haaresbreite wischte Alfred an ihnen vorbei. Wenig später hatte er den Parkplatz an der Ruine Rheinfels erreicht und fand genügend freie Plätze, wo er seinen Mercedes abstellen konnte. Er stieg aus, reckte sich und schritt dann über die Holzbrücke auf das Gelände der alten Ruine.

Alfred blieb auf dem Hof. Er schlenderte geradewegs auf den Kiosk und die Andenkenbuden zu. In einer von ihnen befand sich auch die Kasse, wo man die Karten für eine Besichtigung der Ruine Rheinfels lösen konnte.

Das Restaurant und das Hotel befanden sich in einem Gebäude auf der rechten Seite des Burghofs. Eine breite Steintreppe führte zum Eingang hoch. Vor der Tür stand eine Gruppe amerikanischer Touristen, die sich lebhaft unterhielten.

Alfred überlegte, ob er die Ruine besichtigen sollte, verschob es aber auf später. Zunächst einmal wollte er einen Kaffee trinken und auch eine Kleinigkeit essen.

Das strahlende Herbstwetter ließ es zu, daß man noch auf der zum Rhein hin gewandten Seite der halbrunden Terrasse sitzen konnte. Alfred fand dort einen freien Zweiertisch, direkt am Geländer, über das er hinweg und in das Tal schauen konnte.

An dieser Seite der Burg fielen die Felsen senkrecht in die Tiefe. Die Straßen, die Bahnlinie, die Schiffe auf dem glitzernden Strom wirkten klein wie Spielzeuge. Auf dem Strom herrschte viel Betrieb. Weiter nach links flachte der Felsen ab und ging in einen sanft abfallenden Hang über, an dem sich schmale Pfade vom Ort aus hochschlängelten. Der Hang war mit Wald, Buschwerk und hohem Gras bewachsen. Hie und da schimmerte das rote Dach eines Hauses durch. Ein leichter Wind wehte durch die Baumkronen und ließ die Blätter erzittern.

Ein junges Mädchen fragte nach Alfreds Wünschen. Er bestellte ein Kännchen Kaffee und Pflaumenkuchen, der am Restauranteingang auf einer Schiefertafel empfohlen worden war.

„Gern."

Normalerweise hätte sich Alfred hier richtig wohlgefühlt. So aber dachte er nur voller Sorge an den Schweden Lars Lindström und an die drei Freunde.

Wo Lindström auftauchte, gab es meist Ärger. Der Mann hielt sich nicht ohne Grund in Deutschland auf, zumal er hier polizeilich gesucht wurde.

Das Mädchen brachte den Kaffee und den Kuchen. Alfred zahlte sofort. Dann hatte er noch eine Frage an die Bedienung.

„Kennen Sie sich hier aus, Fräulein?"

„Ein wenig schon."

„Das ist wunderbar. Mir geht es um die *Rheinperle*. Ist Ihnen das Schiff ein Begriff?"

„Ja."

„Wann ungefähr legt es hier an."

Das Mädchen mit den rotblonden, krausen Haaren legte die Stirn in Falten und schaute über das Geländer hinweg, als könnte ihr der Strom eine Antwort geben. „Das ist nicht genau zu sagen. Ich schätze, daß es am späten Nachmittag anlegen wird. Außerdem ist ein Bordfest geplant, wie ich hörte, denn einheimische Musiker werden aufspielen. Mein Freund ist übrigens auch in der Kapelle."

„Toll."

„Wollen Sie hin?"

Alfred hob die Schultern. „Mal sehen."

Das Mädchen schüttelte den Kopf. „Es wird kaum klappen. Das Fest ist nur für geladene Gäste."

„Schade."

Jemand rief vom Nebentisch nach der Bedienung. Das Mädchen nickte noch einmal freundlich, dann wandte es sich ab.

Alfred aß und trank. Dabei blickte er immer wieder hinunter in das Tal und auf den kleinen Hafen von St. Goar. Abgeteilt vom Strom, wurde dieser von Motorbooten angelaufen, diente Seglern als Zuflucht, und sogar Surfer tummelten sich dort.

Gemächlich fuhr eine Fähre über das Wasser. Viele Menschen ließen sich zur *Loreley* übersetzen.

Den Kuchen hatte Alfred schnell gegessen. Er merkte sich die Stelle, an der die Schiffe anlegten, trank den Kaffee aus und ging. Vor der Kasse blieb er stehen. Eine junge Frau schaute ihn an. „Möchten Sie eine Eintrittskarte kaufen?"

„Gern."

Sie schaute auf ihre Uhr. „Da müssen Sie sich aber beeilen. In einer halben Stunde schließen wir die Tore."

„Das macht nichts."

„Ich wollte es Ihnen nur sagen. Nicht, daß im nachhinein Beschwerden kommen."

„Keine Bange, so bin ich nicht." Er zahlte und ließ seine Karte von einem älteren Mann abreißen. Nachdem er das Tor passiert hatte, schritt er zwischen dicken, mannshohen Mauern auf den Urturm und die *Hohe Batterie* zu, die höchste Geschützstellung der ehemaligen Burg.

Über einen schmalen Steig konnte man zum Turm hochsteigen, worauf Alfred aber verzichtete. Er wollte lieber einmal das ganze Gelände durchstreifen.

Einst hatten mächtige Mauern die Burg geschützt. Heute standen nur noch Teile, mit großen Lücken darin. Gesichert durch Geländer konnte man von hier aus weit über das Rheintal blicken.

Alfred setzte seinen Weg fort. Er schaute in Verliese, sah die

Reste der Ritterhäuser, passierte ein in der Burg eingerichtetes Museum und schlug einen Bogen zur Nordwestseite hin, wo die Mauerreste aus dem wild wucherndem Gestrüpp ragten.

Wenn Alfred nicht alles täuschte, befand er sich jetzt an der Außenmauer der alten Ruine. Er rutschte einen Hang hinab, gelangte auf einen großen, freien, steinigen Platz und stand im Innenhof der mächtigen Anlage.

Hier befanden sich die alten Kasematten und Wehrgänge, die man allerdings nicht besichtigen konnte. Es gab dort kein Licht und auch keine Schießscharten, die Tageslicht hereinlassen würden. In diesen Gängen war es finster wie in einem Tunnel.

Alfred folgte einem Richtungspfeil zu einem Aussichtsplatz auf einem kleinen Hügel. Dort lud eine Bank zum Verweilen ein. Der Platz war längst nicht der höchste Punkt der Burg, aber die Aussicht war schön. Von hier aus blickte man über den weich abfallenden Hang hinunter nach St. Goar und auf den Strom. Wieder konnte Alfred die Pfade erkennen, die in vielen Windungen den Hang hochführten.

Alfred atmete tief durch. Die Luft hier oben war gut, kein Gestank von Autoabgasen. Ein Zug fuhr durch das Tal. Das Geräusch der rollenden Räder drang bis zu Alfred hinauf, und doch hatte er das Gefühl, weit vom Lärm der Welt entfernt zu sein.

Dann sah er die beiden Männer!

Er hatte sich gerade abwenden und zurückgehen wollen, als sie ihm auffielen. Es wäre nichts Besonderes gewesen, jeder konnte schließlich über die Hangwege zur Burg wandern, aber die Männer verhielten sich merkwürdig.

Sie gingen zwar recht flott, doch sie schauten sich immer wieder gehetzt um, als wollten sie nach irgendwelchen Verfolgern Ausschau halten. Sie waren beide dunkelhaarig und dunkel gekleidet. Als sie einmal in die Höhe blickten, trat Alfred rasch einen Schritt zurück und blieb in Deckung der Bäume stehen. Während diese Alfred gut verbargen, hatte er jedoch freie Sicht auf die Männer, die rasch näherkamen. Als sie in einer

Biegung stehenblieben, konnte Alfred schon direkt auf sie hinunterblicken. Und was er da sah, gefiel ihm überhaupt nicht, denn einer der Männer griff in die Tasche und holte eine Waffe hervor.

Es war eine Pistole oder ein Revolver, so genau war es nicht zu erkennen. Aber eine Waffe war es auf jeden Fall, und in dem verborgenen Beobachter schoß das Mißtrauen hoch.

Einer der beiden Männer redete nun, der andere nickte ein paarmal, deutete auf die Waffe und lachte. Dann steckte der Redner die Knarre wieder weg und wies mit dem rechten Arm schräg nach oben. Wenn Alfred die Linie verfolgte, dann handelte es sich um eine Stelle weiter oben am Hang, die aber von seiner Position aus nicht erkennbar war.

Wollten sie dorthin? War das ihr Ziel?

So sehr sich Alfred auch den Hals verrenkte, erkennen konnte er nichts. Der Hang war zu dicht bewachsen. Er mußte irgendwie näher an die beiden herankommen, wollte ihnen aber auf keinen Fall begegnen.

Deshalb verzichtete er darauf, den offiziellen Weg zu nehmen und schlug sich quer durch das Gelände.

Von oben hatte der Abhang längst nicht so steil ausgesehen, wie er tatsächlich war. Immer wieder hielt Alfred sich an Ästen, Zweigen und Gestrüpp fest. Endlich sah er durch das Grün des Laubs den Weg schimmern, den auch die Männer genommen hatten.

Alfred rutschte die letzten Meter über eine Böschung hinab und sprang auf den Pfad.

Niemand hatte ihn gesehen. Als er hochschaute, sah er die mächtigen Mauern der Ruine Rheinfels nun über sich liegen.

Die beiden Unbekannten waren weitergegangen auf die Burg zu, und genau diesen Weg nahm Alfred auch.

Er war vorsichtig und auf der Hut. So oft wie möglich hielt er sich in Deckung. Vor jeder Biegung verbarg er sich erst einmal hinter Büschen, die dicht am Wegrand wuchsen.

Von den beiden Männern war nichts zu sehen und zu hören. Auf Alfred hatten sie wie Südländer gewirkt, möglicherweise

Araber. Alfred wußte, daß auch gewisse Staaten des Orients stark an moderner Elektronik interessiert waren und viel dafür zahlten.

Langsam kam er der Burg näher. Hier und da tauchten ein paar vereinzelte Mauerbrocken auf, dann wieder größere Wände, Fragmente der ehemaligen Befestigungsanlage.

Plötzlich hörte er Stimmen.

Sofort blieb Alfred stehen. Sich gegen den Hang an der linken Seite duckend, wartete er ab.

Es waren nur zwei Wanderer, die ihm entgegenkamen. Ältere Männer mit Kniebundhosen, bunten Hemden und Anoraks. Sie stützten sich auf ihre Wanderstöcke und grüßten zurück, als Alfred ihnen zunickte.

„Entschuldigen Sie bitte“, sprach er die beiden an. „Haben Sie zufällig zwei dunkelhaarige Männer gesehen? Sie müßten Ihnen eigentlich begegnet sein.“

„Ja, das stimmt.“

„Und wo, bitte?“

„Nicht weit von hier.“ Der Sprecher drehte sich um und deutete mit seinem Wanderstock nach vorn. „Wenn Sie um die beiden nächsten Kehren gehen, steht vor ihnen eine der dicken Außenmauern, wo die Kasematten untergebracht waren. Dort gibt es auch noch die inneren Wehrgänge. Allerdings würde ich Ihnen nicht raten, sie zu betreten. Oder haben Sie eine Lampe dabei?“

„Leider nicht.“

„Die sind wirklich stockfinster, mein Herr“, sagte der zweite Mann.

„Danke für den Rat. Sind denn die beiden dunkelhaarigen Wanderer dort hineingegangen?“

„Das können wir uns nicht vorstellen.“ Der Mann scharrte mit der Stockspitze über den Boden. „Die haben sich sowieso seltsam verhalten, wenn ich das mal sagen darf.“

„Wie denn?“

„Als sie uns sahen, verdrückten sie sich in die Büsche. Haben die etwas zu verbergen?“

„Wenn ich das wüßte ..."

„Also geheuer waren sie uns nicht."

„Danke jedenfalls für die Auskünfte."

„Gern geschehen. Wie gesagt, denken Sie daran, nicht ohne Licht in die Kasematten zu gehen."

„Mach ich."

Alfred setzte seinen Weg fort. Er dachte an die Gänge und die Kasematten, von denen die Wanderer berichtet hatten. Kasematten waren kanonenkugelsichere Räume und Lager in alten Festungen. Man fand sie zumeist in den mächtigen Burgmauern. Verbunden waren sie durch Gänge. Da die Burg Rheinfels heute nur noch aus einer Ruine bestand, konnte sich Alfred vorstellen, daß auch ein Teil der Kasematten eingestürzt war.

Das würde er selbst herausfinden müssen.

Die Wanderer hatten sich nicht getäuscht. Nach zwei Kehren sah er die mächtige Burgmauer vor sich. Dichtes Gestrüpp und Gras zogen sich am Fuß der Mauer entlang. Efeu und Wein waren hoch hinaufgeklettert und bedeckten einen Teil des Mauerwerks. Von den Männern war nichts zu sehen.

Alfred suchte nach Spuren. Aufmerksam musterte er die Böschung zu Füßen der Mauer. Tatsächlich, hier war jemand durch das Buschwerk gebrochen, um näher an die Mauer zu kommen. Was die schafften, das konnte er auch. Vorsichtig bog er Äste und Zweige zurück. Hinter einem stacheligen Ginstergestrüpp gelangte er auf einen kleinen Platz, wo sich deutlich Fußspuren auf der Erde abzeichneten.

Sein Blick folgte den Spuren – und fiel auf einen Eingang in der Mauer!

Ein mannshohes, dunkles Loch gähnte ihm entgegen. Ein Anblick, der ihn schaudern ließ. Alfred dachte an die beiden Männer und auch daran, daß sie bewaffnet waren. Sicherlich besaßen sie auch Taschenlampen, im Gegensatz zu ihm. Er konnte sich nur auf sein Feuerzeug verlassen.

Es half nichts. Wenn er herausfinden wollte, was mit den Kerlen los war, mußte er in die tiefschwarzen Mauergänge hinein. Und Alfred wagte es ...

7. Das Bordfest

An Deck der *Rheinperle* liefen die Vorbereitungen für das Bordfest auf Hochtouren. Der Raum wurde mit Girlanden geschmückt, man schuf Platz für die Kapelle und sorgte auch für eine Tanzfläche. Die drei Freunde hielten sich noch immer in der Kabine auf. Sie wollten erst nach oben gehen, wenn sie sich möglichst schnell unter die Menge mischen konnten.

Ela maulte als erste. „Sollen wir wirklich noch länger hier herumhängen? Ich habe einen irren Durst."

„Trink Wasser", schlug Randy vor.

Ela zeigte ihm einen Vogel. „Riß im Hirn, wie? Das Wasser hier trinke ich nicht."

„Dann denk an Limo."

„Oder an Saft", gab Turbo seinen Senf dazu.

Ela ärgerte sich noch mehr. „Vernatzen kann ich mich alleine", schimpfte sie und verschwand durch die Verbindungstür in ihre Kabine.

„Jetzt ist sie sauer", stellte Turbo fest.

„Ihr Pech."

Turbo zog ein Bein an und umschlang sein Knie mit beiden Händen. „Wenn ich es mir recht überlege, hat sie recht. Was sollen wir hier noch länger herumhängen?"

„Ich will Lindström nicht jetzt schon in die Arme laufen."

„Das brauchst du auch nicht. Du kannst dich doch zurückhalten. Wahrscheinlich sehen wir ihn eher als er uns."

„Kann sein."

„Also, Tiger, gehen wir, oder bleiben wir hier?"

Randy winkte ab. „Ich merke schon, du hast dich mit Ela gegen mich verbündet. Hol sie her."

Turbo grinste. Als er die Verbindungstür öffnete, war niemand in der Kabine. Auch in dem kleinen Bad war Ela nicht.

Auch Randy kam jetzt in die Kabine.

„Sie ist nicht da, Turbo!"

„Wer – wie?" Turbo war so in Gedanken gewesen, daß er nicht recht zugehört hatte.

„Na, Ela."

„Wo ist sie denn?"

„Frag doch nicht so blöd. Wahrscheinlich oben an Deck und zieht dort die Schau ab."

„Mist auch. Immer diese Extratouren. Sie hätte wenigstens etwas sagen können."

„Kennt Lindström sie denn?"

„Der hat sie in Köln gesehen und auch später noch. Klar, der kennt sie bestimmt", bestätigte Turbo.

„Dann laß uns auch verschwinden. Ich schaue nach, ob die Luft rein ist, Freund." Turbo öffnete die Tür. Er peilte nach rechts und links in den Gang.

„Leer wie eine Spardose vor Weihnachten. Du kannst kommen, Randy, niemand lauert auf dich."

„Wäre ja noch schöner", murmelte der Junge und verließ auf leisen Sohlen die Kabine.

Turbo schloß die Tür ab und deutete nach links. „Die Richtung, Randy!" Beide waren auf der Hut. Daß ihnen schon jetzt der Schwede und dessen Begleiterin über den Weg gelaufen wären, hätte ihnen gerade noch gefehlt. Die Überraschungen wollten sie sich zum Schluß aufbewahren.

Auf dem Schiff herrschte eine heitere Stimmung. Die Passagiere lachten, redeten laut durcheinander, rissen Witze. Alle freuten sich auf das Bordfest, und die stolze *Rheinperle* lief langsam in St. Goar ein.

Die Jungen standen vor einer der großen Scheiben und schauten zum Ufer, wo bereits Helfer warteten, die das schwere Schiff antäuen wollten. Das Andocken war nicht so einfach, doch der Steuermann schaffte es schon beim ersten Versuch.

Einige klatschten, auch Turbo nickte anerkennend. „Das war gut", sagte er zu seinem Freund.

„Bleiben wir eigentlich hier liegen?" fragte Randy, noch immer in Gedanken.

Turbo schüttelte den Kopf. „Wir kreuzen, wie man so schön sagt. Während des Essens fahren wir auf dem Rhein, irgendwann legen wir wieder an, bleiben aber in der Nähe."

„Woher weißt du das?“

„Stand im Prospekt.“

„Ich möchte wissen, wo Ela ist.“ Randy klopfte ärgerlich an die Scheibe. „Daß die immer ihren eigenen Kopf durchsetzen muß.“

„Vielleicht beobachtet sie den Schweden.“

„Die soll sich nur nicht erwischen lassen.“

Musiker betraten das Deck und wurden eingewiesen. Einige Passagiere klatschten, als sie die Männer sahen. Plötzlich zuckte Randy zusammen; jemand hatte ihn auf die Schulter getippt.

Ela grinste ihn an.

„Ach, bist du auch da.“

„Wie du siehst.“

„Und?“

Sie hob die Schultern. „Ich habe mich etwas umgesehen. Auf dem Freideck ist es toll.“

„Kann ich mir denken.“

„Da hängen Girlanden, bunte Glühbirnen, alle sind schon in Stimmung. Das wird bestimmt ein tolles Fest.“

„Was ist mit Lindström?“ fragte Turbo. „Hast du ihn irgendwo gesehen?“

„Nein!“

„Was?“ Turbo schüttelte den Kopf. „Wieso läßt sich der nicht blicken?“

„Weiß nicht. Ich habe alles abgesucht.“

Randy schaute nachdenklich zu Boden. „Ob er das Schiff vielleicht verlassen hat, ohne daß wir es merkten? Denkt an Alfreds Worte. Der rechnet damit, daß hier in St. Goar etwas los sein wird. Die werden sich bestimmt hier treffen.“

„Mit wem denn?“

„Bin ich Hellseher?“

Ela zog eine Schnute. „Sei doch nicht gleich beleidigt. Ich habe sie jedenfalls nicht gesehen.“

„Soviel wir wissen, sind die beiden nicht von Bord gegangen“, sagte Turbo.

„Dann stecken sie noch in der Kabine."

„Das ist möglich."

Die Kapelle spielte einen Tusch. Es war das Zeichen für den Beginn des Bordfestes. Zuerst sollte es ein Essen geben, dann konnte man sich auf der Tanzfläche austoben.

Wieder hielt Dieter Müller eine Rede. Er sprach davon, daß die Fahrt bisher so toll verlaufen wäre und wünschte für die folgenden Stunden viel Vergnügen und zunächst guten Appetit.

Man applaudierte ihm und begab sich zu den gedeckten Tischen. Jeder konnte sich hinsetzen, wo er wollte. Das Schloß-Trio wählte einen strategisch günstigen Tisch, von dem aus die drei den ganzen Raum und zugleich die Eingänge im Auge behalten konnten.

Am Nachbartisch saßen drei Männer, die sich Witze erzählten und langsam vollaufen ließen.

Man servierte das Essen. Es gab eine Suppe, ein Hauptgericht und ein Dessert.

Die Freunde aßen, aber mit ihren Gedanken waren sie nicht richtig bei der Sache. Immer wieder ließen sie ihre Blicke durch den Raum gleiten.

„Allmählich kommt es mir vor, als hält der sich bewußt vor uns versteckt", sagte Ela.

Randy nickte. „Genau. Da läuft dann ein großes Ding, und wir hocken hier und essen."

„Ich habe Hunger", erklärte Turbo.

„Wovon?"

„Wie meinst du das denn?"

„Du hast doch nicht viel getan."

„Jetzt hör aber auf. So viel frische Luft macht eben hungrig. Viel bekommen wir auch nicht."

Randy gab keine Antwort. Er schaute durch die große Scheibe nach draußen, wo sich der Tag allmählich seinem Ende zuneigte und die Schatten der Dämmerung in das Tal und über den Strom fielen.

Lars Lindström blieb verschwunden. Ihn schien der Rhein

verschluckt zu haben. Die Nervosität der Freunde nahm zu, besonders bei Randy. „Die hecken etwas aus“, flüsterte er. „Ja, ich bin sicher, daß die da etwas aushecken.“

„Und was?“

Randy schaute Turbo fast wütend an. „Irgendein Ding, das kann ich dir sagen.“

Die Suppentassen waren abgeräumt worden. Jetzt wurde das Hauptgericht serviert. Schweinefilet, Kroketten, Soße und Gemüse. Randy stocherte lustlos zwischen den Erbsen, Möhren und dem Broccoli herum.

Das Schiff legte ab. Laut Programm würden sie in Ufernähe kreuzen. Ela deutete auf die Scheibe. „Ich will dir eins sagen, Randy. Wenn er jetzt von Bord ist, sehen wir dumm aus.“

„Sowieso.“

„Du hast eine Laune. Absoluter Tiefpunkt, wie?“

„Noch tiefer“, meinte Turbo.

Randy verzog das Gesicht, in seinen Augen blitzte es. „Ihr könnt mir erzählen, was ihr wollt“, fuhr er seine Freunde an, „aber ich sehe das anders, ganz anders...“

„Wie denn?“

„Jedenfalls kann ich nicht hier am Tisch sitzen und das Essen in mich reinstopfen.“

„Oh“, sagte Ela und streichelte Randys Arm. „Unser Junge ist supersauer. Ist es das?“

„Hör auf, Möpschen!“

„Zack“, sagte Ela und trat ihm unter dem Tisch gegen das Schienbein.

Der Junge bekam einen roten Kopf.

„Hört auf, euch zu streiten.“ Turbo wollte schlichten. „Wir fallen schon auf.“

„Das macht Randy doch nichts aus.“

Randy legte sein Besteck neben den Teller. „Wißt ihr was?“ fragte er.

„Ja“, sagte Turbo schnell. „Du willst verschwinden.“

„Richtig.“

Ela deutete auf den Fluß. „Ein Bad nehmen?“

„Bestimmt nicht."

„Er steht eben auf Schweden", meinte Turbo grinsend. „Ist das nicht so, Randy Ritter?"

„Wie wahr."

„Überläßt du mir deinen Nachtisch?" fragte Turbo.

„Aber sicher. Auch den Hauptgang. Mir jedenfalls ist der Appetit gründlich vergangen." Randy stand auf und schob den Stuhl zurück.

„Sag uns wenigstens Bescheid, wenn du ihn gefunden hast", bat Turbo.

„Mal sehen."

„Aber erst nach dem Essen."

Randy schüttelte den Kopf. „Wie kann man nur so verfressen sein."

„Tja, mein Lieber. Das gehört dazu. Alles im Preis enthalten, wie du weißt."

„Gib auf dich acht." Elas Stimme klang besorgt.

Randy nickte beim Weggehen. „Das werde ich schon. Ach, noch was. Hat einer von euch das Motorboot gesehen, das uns über eine Strecke hinweg begleitete?"

„Nein."

„Ich werde mal schauen, ob ich es entdecken kann", meinte Randy.

„Dann beeile dich", sagte Turbo. „Es wird gleich dunkel."

Randy kam noch einmal an den Tisch zurück. „Die Typen gehören zu Lindström. Für mich ist klar, daß wir es mit vier Personen zu tun haben. Etwas viel, wie ich meine."

„Noch haben sie uns nichts getan", warf Ela ein.

Randy hob nur die Schultern und verschwand endgültig.

„Den hat es aber erwischt", sagte Turbo, bevor er sich wieder seinem Essen widmete.

„Klar, er ist sauer. Solche Tage gibt es. Da hast du das Gefühl, neben dir her zu gehen."

„Kenne ich nicht."

„Du bist eben was Besonderes. Mal ehrlich, wie denkst du über den Schweden?"

„Keine Ahnung. Eine Blöße hat er sich nicht gegeben, und die Frau in seiner Kabine auch nicht."

Ela schaute aus dem Fenster. Das Wasser glitt dunkel, beinahe schwarz an der Bordwand vorbei. Auf vielen Wellen schaukelten Schaumkronen. Die Schiffe hatten ihre Positionslichter gesetzt. Manchmal sah es aus, als würden nur Lichter über dem Wasser schweben; die Umrisse der Schiffe waren kaum mehr zu erkennen.

„Was ist?" fragte Ela, „wenn Randy dem Paar in die Arme läuft?"

Turbo aß ruhig weiter. „Daran denke ich gar nicht."

„Solltest du aber", meinte Ela nachdenklich, die ein unangenehmes Gefühl nicht unterdrücken konnte...

Randy drängte sich durch die Tischreihen. Er wollte erst einmal auf das Freideck gehen und sich dort umschauen. Vorsichtshalber stieg er die Stufen so leise wie möglich hoch. Als er freie Sicht hatte, blickte er vorsichtig über das Deck. Hier hatte sich einiges verändert.

Mittlerweile waren die bunten Glühbirnen aufgeleuchtet, die an Drahtgirlanden hingen. Sie waren vom Heck bis zum Bug gespannt worden. Jeweils eine Girlande auf der Steuerbord- und auf der Backbordseite. Auch hatte man die Stühle anders gruppiert, um Platz für eine Tanzfläche zu schaffen.

Randy war an der Heckseite des Schiffes hochgekommen und schaute nun über das Deck hinweg zum Bug, wo sich auch die Brücke befand. Auf deren Dach drehte sich behäbig eine Radarantenne. Durch die Scheiben des Kommandostands drang ein grünlicher, fluoriszierender Schein.

Mit den Händen in den Hosentaschen machte sich Randy auf den Weg. Das Schiff lag ruhig im Wasser. Es schaukelte nur leicht.

Von den beiden Gesuchten entdeckte Randy nicht ein Haar. Wenn sie nicht von Bord gegangen waren, blieb eigentlich nur die Möglichkeit, daß sie noch in ihrer Kabine steckten. Da nachzusuchen, traute sich Randy jedoch nicht.

Er mußte von der Brücke aus gesehen worden sein, denn der Kapitän öffnete die Tür.

„Schmeckt es dir nicht?“ fragte er, als Randy stehengeblieben war.

„Nicht so sehr.“

„Und jetzt schnappst du die frische Rheinluft.“

„Das hatte ich vor.“

„Möchtest du mal die Brücke besichtigen?“

Da überlegte Randy nicht lange. „Gern.“ Er nickte heftig.

„Dann komm mal.“

Dem Kapitän zur Seite gestellt war ein Erster Steuermann, der im Augenblick die *Rheinperle* führte. Es war ein noch jüngerer Mann mit Bart und einem sehr kurzen, glatten Haarschnitt. Er grinste Randy freundlich an und wandte sich wieder dem Monitor zu, der auf einer der drei Konsolen stand, die den eigentlichen Kommandostand bildeten.

Randy zog die Nase kraus. „Das riecht hier noch richtig neu.“

Der Kapitän lachte. „Es ist auch ein neues Schiff. Das ist erst die zweite Fahrt.“

Der Junge schaute sich neugierig um. Das Licht der Instrumentenbeleuchtung ließ alle Gesichter leicht grün aussehen. Schiffe hatten ihn schon immer interessiert. Fachmännisch erkundigte er sich nach der Motorenleistung.

„Die ist enorm“, erklärte der Kapitän bereitwillig. „Wir sind mit zwei Motoren ausgerüstet. Jeder leistet 3600 PS. Dazu kommt ein neuer Antrieb. Am Heck befindet sich ein Propeller. Er ist gleichzeitig das Ruder, und das kann sich um 360 Grad drehen.“

Randy bewies, daß er auf Zack war. „Dann kann es also auch rückwärts fahren.“

Der Kapitän strahlte. „Genau, Junge, toll. Wir brauchen keine großen Wendemanöver zu vollziehen. Das ist schon viel wert.“

Randy schaute auf die drei Konsolen. „Und wie sieht es mit den Rudern aus? Die sind auch irgendwie anders.“

„Nicht nur räumlich getrennt." Der Kapitän deutete auf die beiden Seitenteile der Konsole. „Sie werden elektronisch gesteuert und von einem Computer überwacht. Radar ist selbstverständlich auch vorhanden sowie ein elektronisches Echolot, das ist ein Tiefenmesser." Er erklärte noch einige Details, und Randy hörte gespannt zu.

„Dann darf ich mich wirklich bei Ihnen bedanken, Kapitän."

„Nicht der Rede wert. Es freut mich, wenn ich dir einen Gefallen tun konnte."

„Das haben Sie wirklich." Randy verabschiedete sich auch bei dem Steuermann und verließ die Brücke.

Mittlerweile war es dunkel geworden. Randy trat hinaus in das bunte Licht der Lampen.

Langsam schlenderte er wieder zum Heck zurück. Er hielt sich nahe der Reling auf, und als er am Heck angekommen war, starrte er gedankenverloren ins Wasser. Lachen und Stimmengewirr drangen aus dem Raum unter ihm herauf. Das Essen würde wohl bald zu Ende sein.

Ruhig zog das Schiff seine Bahn. Randy lauschte dem leisen Rauschen des Wassers nach – da zuckte er wie unter einem Peitschenhieb zusammen:

„Ah, da ist ja unser kleiner Einbrecher!" sagte ein Mann hinter ihm.

Randy brauchte sich nicht umzudrehen. Er wußte, wer hinter ihm stand.

Lars Lindström, der Schwede!

Randy hielt sich erschreckt am Handlauf der Reling fest. Er wünschte sich plötzlich weit fort. Was würde jetzt geschehen?

Dann hörte er Schritte, leicht und schnell; so ging nur eine Frau. „Ja, das ist er, Lars. Das ist genau der kleine Stinker, der es geschafft hat, mich reinzulegen." Er erkannte die Stimme der Frau aus der Kabine.

„Das wird sich jetzt ändern."

Randy fragte: „Was meinen Sie damit?"

„Dreh dich um!"

Lars und seine Begleiterin standen nebeneinander. Diesmal trug die Frau ein dunkles Kostüm. Ihr Haar war zu einem Turm aufgebaut. Das Gesicht schimmerte matt, die Augen glänzten, der Mund war verzogen. Sicherlich kochte die vor Wut.

„Ja, ja, Marlene, wie konntest du dich nur von einem solchen Knaben reinlegen lassen."

„Du hättest mich warnen können."

„Ich wußte nicht, daß man schon Halbwüchsige auf mich ansetzt. Da müssen einige sehr tief gesunken sein, meine ich. Ist es nicht so, Junge?"

Randy riß sich zusammen. Das ging fast über seine Kräfte. „Ich weiß nicht, was Sie meinen."

„Ah, das weißt du nicht." Lindström grinste. „Kennst du eigentlich meinen Namen?"

„Müßte ich das?"

„Er lügt", sagte Marlene. „Verdammt noch mal, der Bursche lügt. Der ist geschickt worden."

„Bist du das?"

„Mein Freund hat die Reise gewonnen. Das ist alles. Mehr kann ich Ihnen nicht sagen. Jetzt lassen Sie mich gehen. Ich will wieder zu meinem Essen."

Der Schwede schüttelte den Kopf. „Glaubst du denn, daß wir wirklich so naiv sind und dich laufenlassen werden? Nein, mein Junge, so einfach ist das nicht."

„Was wollen Sie denn?"

Lindström tippte Randy gegen die Brust. „Antworten, mehr nicht. Ich frage, du antwortest."

„Ich weiß nichts."

„Das wird sich schon herausstellen. Und wenn mir deine Antworten nicht passen, ich kann auch anders."

Das glaubte Randy dem Schweden aufs Wort. Er drehte sein Gesicht gegen den Wind, um den Schweiß auf seiner Stirn etwas trocknen zu lassen. Um seine Brust hatte sich ein Ring gelegt, der ihn immer enger einschnürte.

„Wie heißt du eigentlich?"

„Randy."

„Und weiter?“

„Habe ich vergessen.“

Die Frau gab einen wütenden Laut von sich.

„Laß nur, Marlene, er wird schon reden. Zunächst will ich wissen, weshalb du in meine Kabine eingebrochen bist.“

„Ich eingebrochen?“ Randy schüttelte den Kopf. „Das stimmt nicht. Die Tür war nicht abgeschlossen. Außerdem habe ich mich geirrt. Ich dachte, es wäre meine gewesen. Da unten sehen die Türen sowieso alle gleich aus, finde ich.“

„Lügen kannst du gut.“

Marlene griff wieder ein. „Mann, laß dich von dem doch nicht auf den Arm nehmen. Hier geht es um viel zuviel. Mit so einem können wir uns doch nicht aufhalten.“

„Finde ich auch. Trotzdem, was hast du in der Kabine gemacht? Wo hast du geschnüffelt?“

„Überhaupt nicht. Ich war kaum drin, da kam diese Frau aus dem Bad. Ich wollte gehen und . . .“

„Glaube es nicht, Lars, glaub es nicht!“

Der Schwede nickte. „Klar, dieser Knabe kann mir nichts vormachen. Aber ich werde allmählich sauer. So etwas habe ich noch nie erlebt. Junge, du spielst mit deinem Leben, weißt du das? Hier geht es um verdammt viel. Da kann ich keine Rücksicht nehmen.“

Randy hatte die Drohung sehr wohl verstanden. Allein, er gab nicht auf. Er mußte weitermachen, bei seinen Aussagen bleiben und möglichst versuchen, die Angst zu unterdrücken.

„Willst du jetzt reden?“ fragte Marlene.

„Was soll ich denn sagen?“

„Was du in meiner Kabine zu suchen gehabt hast, zum Beispiel?“

„Das wissen Sie doch!“

„Meine Güte, ist der verstockt. Lars, du solltest andere Saiten aufziehen.“

„Scheint mir auch so.“ Der Schwede schaute Randy kalt und starr an. „Ich weiß nicht, ob du über mich informiert bist, aber ich gehöre nicht zu den Leuten, die sich die Butter vom Brot nehmen lassen. Und du bist dabei, es zu tun. Das gefällt mir nicht. Ich hasse es, wenn man mich anlügt oder reinlegen will. Da bin ich sehr sauer. Und wenn ich sauer werde, garantiere ich für nichts. Außerdem haben wir nicht mehr viel Zeit. Überlege es dir, Junge.“

„Da gibt es nichts zu überlegen“, erwiderte Randy gepreßt. Auf seiner Stirn lag wieder kalter Schweiß, ein Zittern der Lippen konnte er nicht vermeiden. Steif drückte er den Rücken gegen die Reling und suchte nach einem Ausweg.

Der Schwede stand zu dicht vor ihm. Randy würde kaum die Chance bekommen, ihn aus dem Weg zu stoßen.

Lindström nickte. „Ich merke schon, du bist sehr uneinsichtig. Eine andere Frage. Kannst du schwimmen?“

„Weiß nicht.“

Der Schwede lachte. „Dein Pech. Ich mag es nun wirklich nicht, daß man meine Kreise stört, deshalb werde ich dich über die Reling ins Wasser befördern.“

So etwas Ähnliches hatte sich Randy schon gedacht. Für einen Moment schloß er die Augen. Wie aus weiter Ferne hörte er den Mann weitersprechen: „Es sei denn, du überlegst es dir und erzählst uns, was du in meiner Kabine gesucht und gefunden hast.“

„Nichts, ich ...“

„Okay!“ Der Schwede packte zu.

Randy hatte die Augen wieder offen. Er sah die Hand auf sich zukommen, duckte sich blitzschnell ab und rammte seinen Kopf vor. Er traf den Mann, hatte aber das Gefühl, mit seinem Kopf gegen ein Stück Eisen gerammt zu sein, so hart war der Brustkorb des Schweden.

Und plötzlich war die Klammer da. Wie der Schwede es geschafft hatte, konnte Randy nicht sagen. Jedenfalls hatten ihn dessen starke Arme in die Zange genommen. Der Druck raubte ihm den Atem. Keuchend brachte er die nächsten Worte hervor.

„Ich ... ich ... schreie ...“

„Das haben wir uns gedacht!“ erklärte Marlene mit böse klingender Stimme. „Das haben wir uns wirklich gedacht!“

Randy hatte schon Luft geholt, um seinen Vorsatz in die Tat umzusetzen, als Marlene ihm ihre Hand auf den Mund preßte.

Hilflos warf er seinen Kopf hin und her. Da riß ihn der Schwede in die Höhe.

„Los!“ kreischte Marlene, „weg mit ihm. Über die Reling.“

Randy versuchte alles. Er zappelte und trat mit den Beinen um sich, versuchte auch, der Frau in die Hand zu beißen, aber nichts half.

Und dann ging alles sehr schnell.

„Hauptgewinn“, hörte er den Schweden keuchen. „Ja, du hast einen Hauptgewinn gewonnen, mein Junge. Aber ein nasses Grab ...“ Der Mann lachte dreckig, hob Randy noch ein Stück höher und schleuderte ihn dann mit einem kräftigen Ruck über Bord ...

8. Alfreds Entdeckung

Schon nach wenigen Schritten sah Alfred so gut wie nichts mehr. Wenn er sich umdrehte, konnte er noch schwach die Umrisse des Eingangs erkennen, ansonsten aber fühlte er sich von der Dunkelheit wie verschluckt. Vorsichtig tastete er sich voran. Er knipste sein Feuerzeug an. Obwohl die Flamme in dieser Finsternis sicher schon von weitem zu sehen war, konnte er es nicht riskieren, hier im Dunkeln herumzutappen und womöglich in ein Loch zu fallen. Wenn er stürzte und hilflos liegenblieb, wer würde ihn hier rechtzeitig finden? Sicherheitshalber hielt er das brennende Feuerzeug hoch über seinen Kopf; so würde er sich selbst nicht blenden. Er mußte sich ganz auf sein Gehör verlassen. Je schneller er bei einem Geräusch sein Licht löschte, desto größer war seine Chance, unbemerkt zu bleiben.

Alfred war das Innere der Burganlage unbekannt. Er wußte auch nicht, wo die Kasematten lagen, konnte sich aber vorstellen, daß es nicht nur einen Gang gab, der durch das Gestein führte.

Um eine Festung wie diese hier effektiv zu verteidigen, mußte man verschiedene Gänge geschaffen haben sowie zahlreiche Schlupflöcher, Verliese und Verstecke, eben die Kasematten.

Je tiefer man in einen Stollen eindringt, um so schlechter wird die Luft. Glücklicherweise gab es hier, wenn auch für Alfred nicht sichtbar, genügend Lücken im Gestein, wo Luft eindringen und zirkulieren konnte. So konnte er normal durchatmen.

Vorsichtig und nahezu lautlos drang Alfred tiefer in den Tunnel ein. Er umrundete Löcher, richtige Fallen, stieg über Bukkel und Steine hinweg. Hin und wieder rutschte er auf einer feuchten, glatten Stelle aus. Dann konnte er sich gerade noch an den nassen, klammen Wänden abstützen.

Die Ritzen und Spalten der Mauern boten allerlei Getier Unterschlupf. Mehr als einmal spürte Alfred einen kleinen Käfer oder eine Spinne zwischen seinen Fingern. Erschreckt krabbelten die Tierchen dann über seine Handflächen, und Alfred bekam eine Gänsehaut.

Allmählich gewöhnte er sich daran. Es ärgerte ihn nur, daß er von den beiden Männern nichts sah. Nicht ein ferner Lichtschein schimmerte ihm entgegen. Wenn sich die Kerle hier ohne Licht fortbewegen konnten, mußten sie sich in den Kasematten gut auskennen.

Nach einer Biegung strich plötzlich ein Luftzug über sein Gesicht, demnach mußte in der Nähe eine Öffnung sein.

Sofort knipste Alfred sein Feuerzeug aus – und richtig, da vorne befand sich ein schmaler grauer Streifen in der Wand. Das war die Öffnung, eine Schießscharte, mehr nicht.

Als er durch die Lücke schaute, konnte er tief unten den Rhein erkennen. Die Dämmerung war angebrochen. Hell beleuchtet glitten Schiffe über den Strom. Alfred dachte an die drei Freunde. Sie würden auf ihn warten; er mußte hier endlich weiterkommen.

Seufzend wandte er sich ab, ließ das Feuerzeug wieder aufflammen und tastete sich weiter vor.

Schon längst hatte Alfred festgestellt, daß es nicht nur auf einer Ebene weiterging. Mal stieg der Boden leicht an, dann fiel er wieder ab.

Manchmal raschelte es in seiner Nähe. Alfred konnte sich gut vorstellen, daß hier unten auch Ratten und Mäuse lebten.

Nach einer Weile kam er an eine Stelle, wo sich zwei Gänge kreuzten. Welchen Weg sollte er nun nehmen? Drei Tunnel standen zur Auswahl. Die Frage war, was hatten die beiden Männer vor, die hier eingedrungen waren? Grundlos hatten sie die alten Burg-Kasematten bestimmt nicht betreten. Wenn sie sich nicht mit jemandem trafen, dann hatten sie hier vielleicht etwas versteckt. Aber wo?

Während Alfred noch überlegte, hatte er Glück. Plötzlich hörte er eine Männerstimme.

Sofort knipste er sein Feuerzeug aus und horchte gespannt in die Gänge hinein. Er hörte die Stimme noch immer, konnte aber nicht gleich herausfinden, aus welcher Richtung sie kam.

Rechts, links, von vorn?

Er duckte sich, strengte sein Gehör noch mehr an, und hatte wieder Glück. Für einen kurzen Augenblick sah er einen hellen Schein vor sich.

Es war nicht das Licht einer Kerze. Was da aufgeflammt war, mußte der Strahl einer Taschenlampe gewesen sein.

Tief atmete Alfred durch. Der Lichtschein blieb, ein Zeichen dafür, daß die Männer sich sehr sicher fühlten.

Noch vorsichtiger und vor allen Dingen völlig lautlos bewegte sich Alfred auf den Lichtschein zu. Eng an die Wand gedrückt, hob er bei jedem Schritt sein Bein so hoch wie möglich, denn jetzt konnte er Hindernisse nicht mehr rechtzeitig erkennen. Manchmal stieß er mit der Fußspitze gegen lose Steine und fürchtete dann, sie versehentlich ins Rollen zu bringen. Das wäre das Aus gewesen.

Sein Gesicht war angespannt, die Lippen lagen fest aufeinander; er atmete nur durch die Nase, und sein Herz schlug ihm bis zum Halse.

Dennoch hatte er es besser: bald konnte er den Platz und auch die beiden Männer erkennen, während er im Schutz der völligen Finsternis hinter ihm ihren Augen verborgen blieb.

Doch die beiden Männer achteten gar nicht darauf, ob jemand sie überraschen könnte. Mit lauter Stimme unterhielten sie sich.

Sie hockten auf dem Boden einer Mulde, mit der dieser Gang abschloß. In der Mulde stand eine Laterne. Ihr weiches, ruhiges Licht lag auch auf den Gesichtern der Männer und ließ sie durch den Schein noch fremder aussehen.

Alfred bewegte sich jetzt nur zentimeterweise voran. Er durfte sich alles erlauben, nur nicht zum jetzigen Zeitpunkt auffallen, dann konnte er einpacken. Eine zu frühe Entdekkung machte alles zunichte.

Nichts wies darauf hin. Die beiden Männer fühlten sich noch immer unbeobachtet und waren dementsprechend nachlässig. Einer von ihnen hatte sogar ein Kartenspiel hervorgeholt und begann zu mischen.

Das klatschende Geräusch irritierte Alfred zunächst etwas. Dann schaute er zu, wie der Mischer die Karten ausbreitete und sie mit dem Motiv nach unten legte.

Da vertraute einer auf das Glück seiner Karten. Der andere Mann schaute zu. Er war ein gedrungener Mann mit dicken Muskelpaketen. Man sah ihm an, daß Kraft in ihm steckte.

Ab und zu sah dieser Typ hoch und schaute in die Runde. Dann zog er ein Messer aus der Tasche und begann damit, die Klinge in den Boden zu rammen.

Alfred kam gut weiter. Er war jetzt der Mulde so nahe, daß er den ganzen Platz einsehen konnte.

Sein Blick fiel auf eine Kiste!

Sie bestand aus Metall, sah wasserdicht aus und glänzte schwach im Schein der Lampe.

Die Kiste stand zwischen den beiden Männern, und Alfred

ging davon aus, daß es sich bei ihr um das *corpus delicti* handelte. Ihr Inhalt mußte ungemein interessant und wertvoll für gewisse Leute sein.

Es war klar: Die beiden Männer warteten noch auf jemanden; sie würden also Besuch bekommen.

Von wem?

Noch war Zeit, und Alfred mußte sich etwas einfallen lassen, um die Szene zu seinen Gunsten zu drehen.

Die Frage war nur, wie er das schaffen sollte. Bald aber umspielte ein dünnes Grinsen seine Lippen: Er hatte eine Idee...

9. Ein nasses Grab?

Randy flog über die Reling und dem kalten Wasser entgegen. Für wenige Augenblicke hatte er schreckliche Angst, daß er in die Heckschraube geraten könnte, aber der Schwede hatte ihn weit genug geworfen, so klatschte er in einem Halbbogen auf der dunklen Wasseroberfläche auf.

Randy stand noch unter einem derartigen Schock, daß er sogar vergaß, zu schreien. Stumm verschwand er im Rheinwasser, das ihn mit seinen kalten Armen umschlang, als wollte es ihn nie mehr wieder hergeben.

Randy sackte in die Tiefe. Augenblicklich saugte sich seine Kleidung voll. Sie nahm an Gewicht zu und zerrte ihn immer tiefer dem Grund des Flusses entgegen. Auch war das Wasser kalt. Ein regelrechter Kälteschock erwischte den Jungen, der glücklicherweise noch immer den Mund geschlossen hielt und es so rasch wie möglich mit Schwimmbewegungen versuchte.

Er wollte weg, er mußte weg. Mußte das Ufer erreichen, und aus dem Fluß klettern. Aber vor allem durfte er während des Schwimmens auf keinen Fall in die Nähe eines Schiffes geraten, denn das konnte für ihn lebensgefährlich werden.

Dicht über dem schlammigen und verschmutzten Grund gelang es ihm, wieder nach oben zu treiben. Mit kräftigen Beinstößen drückte er sich der Oberfläche entgegen. Dann tauchte er endlich auf, holte Luft – aber es war nur ein Gurgeln, denn er hatte vergessen, daß er sich noch immer im Bereich der starken Heckwellen der *Rheinperle* befand: große Wogen schlugen über ihm zusammen.

Randy strampelte kräftig, kam wieder hoch und gab jetzt besser acht, kein Wasser zu schlucken. Er atmete tief durch, wobei er ein Husten nicht vermeiden konnte.

Automatisch schwamm er auf das Ufer zu.

Kalt und schmutzig war der Rhein. Das hätte Randy nicht gestört. Angst hatte er nur vor den Strudeln, für die der Fluß an dieser Stelle, wo er enger wurde, berüchtigt war.

Auf vielen Schiffen fuhren Lotsen mit, denn die Strecke um die Loreley war gefährlich.

Randy befand sich zwar nicht in der Mitte des Stromes, doch auch in Ufernähe bekam er mit, wie stark die Strudel sein konnten. Sie zerrten an ihm, als wollten sie ihm die Kleidung vom Leib reißen. Er kämpfte hart dagegen an, kraulte und wurde trotzdem von einem Wirbel unter Wasser gedrückt.

Für einen Moment stieg Panik in ihm auf, doch es gelang ihm, dem starken Wassersog zu entkommen.

Kaum hatte er den Kopf wieder aus den Fluten gesteckt, hörte er schon ein bösartig klingendes Geräusch. Hinter ihm dröhnte es auf. Randy warf sich auf die rechte Seite und schwamm in dieser Richtung rasch weiter. Als er zurückschaute, sah er, nicht weit entfernt, ein ziemlich großes Motorboot vorbeirauschen. Gelächter und heiße Rockmusik klangen über das Wasser. Man hätte ihn wohl kaum gehört, wenn er um

Hilfe geschrien hätte. Die schienen eine recht laute Fete zu feiern.

Randy sah zum Ufer, das immer näher kam. Nach einem Dutzend kräftiger Stöße spürte er schon Grund unter den Füßen. Einen Meter weiter konnte er schon stehen, dann watete er durch das Wasser. Als er auf den Strom zurückschaute, sah er weiter flußabwärts die *Rheinperle* wie einen bunten Raumkreuzer über das Wasser gleiten.

Da fuhren Turbo und Ela vergnügt dahin, er aber mußte durch Uferschlick waten und über Steine krabbeln, nur um auf ein trockenes Plätzchen zu gelangen!

Doch was half das schon; seine Kleidung klebte naß wie ein Scheuerlappen an seinem Körper.

Ein Schnupfen war sicher das geringste, was bei diesem Abenteuer herauskam. Aber wie leicht konnte daraus eine

Lungenentzündung werden. Randy zitterte, seine Zähne schlugen aufeinander, er rang wieder hustend nach Luft.

Dann schaute er nach vorn.

Weiter oben führte die Bundesstraße vorbei. Jenseits der Straße lagen die Weinberge. Hier und dort sah Randy ein Licht; die Häuser dort standen ziemlich weit auseinander.

So mutterseelenallein und völlig durchnäßt, dabei noch frierend, kam er sich vor wie von allen vergessen. Zum Heulen war ihm zumute. Er mußte hart schlucken, um die Tränen zu unterdrücken und wieder klar und logisch denken zu können.

Was nun? Keine Frage, er mußte wieder auf das Schiff. Laut Programm würde die *Rheinperle* ja wieder in St. Goar anlegen, denn dort ging die Feier weiter. Da würde die ganze Gesellschaft auch übernachten.

Also mußte er erst einmal an die Anlegestelle kommen. Er

wollte jedoch nicht den Weg über die Straße nehmen, sondern am Ufer entlang und dabei in Deckung laufen. Wer ihn so sah, der hätte nur dumme Fragen gestellt.

Randy machte sich auf den Weg. Nach wenigen Schritten schon kam es wie ein Sturm über ihn. Er mußte fünfmal hintereinander niesen. Der Schnupfen war garantiert.

Zunächst lief er langsam. Kräfte einteilen, das war wichtig. Später beschleunigte er seinen Lauf, bis er merkte, daß sich der Kreislauf wieder normalisierte.

Die Blutzirkulation kam wieder in Schwung. Er spürte sogar so etwas wie Wärme durch seine Beine strömen. Wie ein einsamer Jogger lief er am Ufer entlang, den Blick dabei auf die Lichter von St. Goar gerichtet. Randy war sich sicher, daß er an der Anlegestelle schon ein Versteck finden würde, und dann mußte man mal abwarten.

Eines war dem Schweden jedenfalls nicht gelungen: Ihm ein nasses Grab im Rhein zu verpassen...

Ela war schon beim Nachtisch – einer Kreation aus Eis und Beeren – angelangt. „Wir hätten ihn nicht allein gehen lassen sollen“, sagte sie noch einmal.

Turbo mußte lachen. „Willst du einen Randy Ritter aufhalten? Was der sich in den Kopf gesetzt hat, führt er auch durch.“

„Trotzdem, er ist einfach schon zu lange weg.“

„Der kommt auch wieder.“ Turbo leerte seine Schale und schielte auf die noch volle, die der Ober für Randy hingestellt hatte.

„Da bin ich nicht so sicher.“

„Weshalb nicht?“

Ela zuckte mit den Achseln. „Ich weiß auch nicht, aber ich traue diesem Lars Lindström nicht. Der sieht mir so aus, als könnte er allerhand Schlimmes anstellen.“

„Was käme denn da in Frage?“ Turbo konnte sich nicht mehr zurückhalten und griff nach Randys Eisbecher.

„In die Kabine einsperren?“

„Und dann?“

„Nur so.“

„Glaube ich nicht.“ Turbo nahm einen Löffel Eis und häufte zwei Brombeeren darauf. „Der weiß doch, daß auch wir auf dem Schiff sind und Bescheid wissen.“

„Das ist es ja eben?“ zischelte Ela und beugte sich über den Tisch. „Wir wissen Bescheid, wir sind Zeugen. Können Typen wie der Schwede überhaupt Zeugen gebrauchen?“

Turbo bekam einen starren Blick. „Nun mal nicht den Teufel an die Wand!“

„Nein, ich gehe nur alle Möglichkeiten durch.“

Turbo schob den Becher zur Seite. „Verflixt, jetzt hast du mir den Appetit verdorben.“

„Es ist doch so – oder?“

„Ich habe keine Ahnung.“ Turbo räusperte sich. „Komisch ist es schon. Mir gefällt die Fahrt auch nicht. Ich fühle mich zwischen den Leuten hier nicht wohl. Dabei hatte ich mich so stark auf die Reise gefreut. Na ja, man kann nicht alles haben.“

„Aber ich will wissen, wo Randy steckt.“

„Ich auch.“

„Wunderbar, dann suchen wir ihn.“

„Wo?“ fragte Turbo.

„Auf dem Schiff natürlich.“

„Klar, weiß ich auch. Fangen wir bei den Kabinen an?“

„Wäre nicht schlecht.“

Die Männer am Nebentisch feierten schon kräftig und bedachten die beiden Freunde mit dummen Bemerkungen. Ela und Turbo kümmerten sich nicht darum.

Im Bauch des Schiffes war es, im Vergleich zu dem Trubel an Deck, totenstill. Sie gingen mit leisen Schritten durch den Gang, bis sie vor ihrer Kabinentür standen.

Turbo öffnete und betrat den Raum.

Er war leer, ebenso wie Elas Kabine.

„Und jetzt?“ fragte Turbo.

„Gehen wir zur Kabine des Schweden.“

„Du hast aber Mut.“

„Bleibt uns denn etwas anderes übrig?“

„Wahrscheinlich nicht."

Sie hatten Pech, denn auch die Kabine des Schweden war verschlossen.

„Jetzt kostet guter Rat viel Geld", meinte Turbo und schaute Ela Schröder an.

„Lindström und die Frau sind bestimmt nicht von Bord gegangen, das habe ich im Gefühl."

„Und was sagt es dir noch?"

„Daß die sich versteckt halten."

„Dann laß uns mal nach oben gehen. Das Außendeck haben wir noch nicht kontrolliert."

„Einverstanden."

Es dauerte nicht lange, da standen sie im Freien und hielten ihre Gesichter gegen den Wind. Die *Rheinperle* hatte inzwischen ihren Kurs geändert und war hinaus in Richtung Flußmitte gefahren.

„Wir wenden", rief Ela.

„Ja, und fahren wieder zurück."

Langsam schlenderten sie unter dem bunten Licht der Girlanden zum Bug weiter, als plötzlich zwei Personen aus dem Schatten der Brücke traten und den Freunden den Weg versperrten.

„Guten Abend, ihr beiden."

„Lindström!" zischte Ela.

Ein Lachen antwortete ihr. „Oh, das ist nett. Ihr kennt sogar meinen Namen."

„Ja, und wie."

Turbo ärgerte sich, daß Ela soviel redete. Er stieß sie an, aber sie ließ sich nicht beirren. „Wo ist unser Freund Randy Ritter? Was haben Sie mit ihm angestellt?"

Die Frau lachte böse. „Was sollen wir denn mit ihm angestellt haben. Ist er denn verschwunden?"

Ela sah sie wütend an. „Ja, und das wissen Sie genau."

„Als Aufpasser für euren Freund sind wir nicht eingestellt", sagte Lindström. „Aber ich kenne Leute, die mögen keine Rheinfahrten. Sie ärgern sich derart darüber, daß sie einfach

über Bord springen, weil sie es auf Deck nicht mehr aushalten."

„Was soll das heißen?" fragte Turbo und hatte Mühe, ein Zittern in der Stimme zu unterdrücken.

„Was ich gesagt habe."

„Randy ist über Bord gesprungen?" fragte Ela, die es kaum glauben konnte.

„Nicht direkt." Der Schwede lächelte eisig.

„Ist er denn noch hier?"

„Das glaube ich nicht, junge Dame. Ihr könnt das Schiff absuchen, wahrscheinlich habt ihr es schon getan, aber ihr werdet ihn nicht finden, Freunde."

„Wir sind nicht ihre Freunde!" keuchte Ela, die jetzt hochrot angelaufen war. „Was ist mit Randy?"

„Er hat den Hauptgewinn kassiert!" erklärte die Frau.

„Nein, Turbo hat doch..."

„Hör zu, Kleine. Davon spreche ich nicht. Es gibt noch einen anderen Hauptgewinn – ein nasses Grab. Na, du vorlaute Ziege, geht dir jetzt ein Licht auf?"

Ja, Ela und Turbo ging ein Licht auf. Aber sie wollten es nicht wahrhaben. Entsetzt starrten sie in die grinsenden Gesichter vor ihnen.

„Ich will euch nicht länger auf die Folter spannen. Euer Freund schwimmt irgendwo im Rhein. Und wenn er nicht aufpaßt..." Lindström hob die Schultern. Den Rest des Satzes ließ er unausgesprochen.

Ela stöhnte auf. „Wollen Sie... wollen Sie damit sagen, daß Sie ihn in das..."

„Klar, wir warfen ihn in den Fluß. Er ist ja nicht schwer, über die Reling und weg mit ihm."

Ela und Turbo konnten sich nicht mehr rühren. Es hatte ihnen die Sprache verschlagen. Sie standen da, schauten sich an, schüttelten ungläubig ihre Köpfe, bis Ela vor Angst und Wut losheulte. Am liebsten hätte sie sich auf den Kerl gestürzt und ihn ebenfalls ins Wasser geschleudert.

„Das sollte euch eine Warnung sein, euch nicht in fremde Angelegenheiten zu mischen", erklärte der Schwede. „Haltet euch zurück."

„Nein!" flüsterte Turbo, der seine Sprache wiedergefunden hatte. „Wir werden uns nicht zurückhalten. Das auf keinen Fall. Ich werde dem Kapitän Bescheid sagen und..."

„Mach dich nicht lächerlich!" unterbrach ihn die Frau mit kalter Stimme. „Nichts wirst du tun. Du kannst gar nichts tun, denn wer glaubt dir schon? Wir würden alles abstreiten. Übrigens, kann euer Freund schwimmen?“

„Ja.“

„Dann wird er irgendwo an Land geklettert sein. Ein Vorschlag zur Güte. Das Schiff hat gedreht, wir werden gleich in St. Goar anlegen. Dort ist die Reise für uns beendet. Ihr könnt dort euren Freund suchen. Falls er es geschafft hat, den Fischen zu entkommen, ist er bestimmt wieder an Land gekrochen. Außerdem kennt er das Programm, nicht wahr?“

Ela fröstelte es, als wäre sie selbst gerade aus dem Wasser geklettert. „Sie sind ja so gemein, so schmutzig, so dreckig, so...“

„Halte deinen Rand, Göre!“ unterbrach die Frau sie kalt. „Ist es unsere Schuld? Euer Freund hätte sich eben nicht in gewisse Dinge einmischen sollen, das ist das Problem. Und euch wird niemand glauben, wenn ihr, wem auch immer, irgendwelche Schauergeschichten erzählt. Verstanden?“

„Ja!“ flüsterte Ela. „Ja, wir haben verstanden.“

Turbo nickte nur.

Und der Schwede setzte noch eins drauf und sagte böse: „Seid nur froh, daß wir euch nicht auch in den Fluß stoßen. Seid nur froh, es hätte auch anders kommen können.“

In der nächsten Sekunde waren die beiden fort. Ela und Turbo standen da und starrten ins Leere. Sie hatten es gehört, aber es wollte nicht in ihren Kopf. Das durfte nicht wahr sein. Ela setzte sich schließlich mit steifen Schritten in Bewegung, als wäre sie ein Roboter und kein normaler Mensch mehr.

Turbo holte sie schnell ein. Er legte seine Hand auf ihre Schulter, hörte sie weinen. Auch ihm war zum Heulen zumute. Einige Male wischte er über seine Augen.

„Was machen wir denn, Turbo? Sag was!“

„Keine Ahnung.“

„Man kann doch einen Menschen nicht einfach über die Reling werfen wie... wie eine leere Dose oder so.“

„Doch, gewisse Leute können das. Die sind eben brutal, die haben keinen Skrupel mehr.“

„Einsperren müßte man sie, einsperren.“

„Richtig, aber erst einmal haben, Ela. Der Schwede ist raffiniert. Überlege mal, der wird hier in Deutschland gesucht und ist trotzdem in das Land gekommen. Es muß für ihn um eine große Sache gehen, sonst hätte er das nicht getan.“

„Sollen wir nicht doch dem Kapitän Bescheid geben?“

Turbo runzelte die Stirn. „Daran habe ich auch schon gedacht. Später vielleicht.“

„Dann ist es zu spät.“

„Glaube ich nicht. Erst warten wir mal ab, was geschieht, wenn die *Rheinperle* wieder in St. Goar anlegt.“

„Meinst du denn, daß Randy dort auf uns warten wird?“ Sie schüttelte den Kopf.

Turbo schwieg. Sie waren nicht mehr allein auf dem Deck. Viele Passagiere hatten sich jetzt ebenfalls auf das Oberdeck begeben, um nach dem Essen etwas frische Luft zu schnappen.

Ela und Turbo verzogen sich in eine ruhige Ecke.

Die gesamten Räume und Decks waren erfüllt von der Musik und dem Wirrwarr der Stimmen. Fröhliche, feiernde Menschen umgaben sie, doch den Freunden stand der Sinn nicht danach.

Sie fühlten sich bedrückt wie selten zuvor...

10. Alfred in Action

Die beiden dunkelhaarigen Männer, zwischen denen die Leichtmetallkiste stand, waren noch immer ahnungslos. Sie wären nie auf den Gedanken gekommen, daß sie beobachtet wurden. Der eine legte seine Karten, drehte sie der Reihe nach um und grummelte vor sich hin.

„Was hast du, Farcas?“

„Schlecht – die Karten.“

„Ach ja? Was sagen sie denn?“

„Nichts für dich.“

Die beiden unterhielten sich in französischer Sprache. Alfred war froh, daß er in der Schule aufgepaßt hatte und sie verstehen konnte.

Maurice steckte sein Messer weg. „Wieso ist das nichts für mich, Mann?“

„Egal.“

Der Algerier winkte ab. Unruhig rutschte er hin und her. Dann streckte er die Beine aus, drückte sich mit dem Rücken gegen die Wand und starrte ins Leere.

„Lindström könnte bald kommen.“

Alfred hatte diesen Satz deutlich verstanden. Es durchzuckte ihn wie ein Blitz. Lindström also, dachte Alfred. Er hat etwas mit den beiden zu tun; wahrscheinlich machten sie Geschäfte. Alfred fühlte sich genau am richtigen Platz.

Er brauchte nur zu warten, da würde ihm Lindström direkt in die Arme laufen. Nur war dies nicht so einfach, denn es galt, zuerst einmal die beiden Männer vor ihm auszuschalten.

Alfred wußte nicht, wann genau Lindström eintreffen würde; lange konnte es wohl nicht mehr dauern. Es war keine Zeit zu verlieren.

Aber wie sollte er es schaffen?

Nun, er hatte ja schon eine Idee gehabt, und auch jetzt fiel ihm einfach keine bessere ein.

Vorsichtig und darauf bedacht, jegliches Geräusch zu vermeiden, zog er sich einige Meter weiter in die Tiefe des Tunnels zurück. Dort bückte er sich, tastete den Boden ab und bekam einen Stein zu fassen, der genau richtig war: er paßte wunderbar in seine Hand.

Alfred richtete sich so weit auf, bis er in der Hocke saß und hob den rechten Arm.

Sekundenbruchteile später schlug der Stein ein Stück von den beiden Ganoven entfernt gegen die Stollenwand.

Farcas blieb hocken. Er drehte nur den Kopf, aber Maurice schoß bei dem Geräusch sofort in die Höhe. Er war kaum auf den Beinen, da hatte er auch schon seinen Revolver hervorgeholt. Das Messer ließ er stecken.

„Was war das?"

Farcas hob die Schultern.

„Mist, das ist doch..."

„Ein Tier."

Der Algerier lachte nervös. „Welches Tier?"

„Kann sein, daß es eine Ratte oder eine Maus ist."

„Das hätte sich anders angehört."

„Vielleicht ist es Lindström?"

„Auch nicht", sagte Maurice.

Farcas schaute wieder auf seine Karten. „Mach doch, was du willst, verdammt."

„Klar, und wie." Das Gesicht des Algeriers hatte einen gespannten Ausdruck angenommen. Da er stand, war er im Schein der Lampe deutlich zu sehen. Alfred kam der Vergleich mit einem sprungbereiten Raubtier in den Sinn.

Er selbst verhielt sich so still wie möglich.

Wenn er diesen bewaffneten Mann erwischen wollte, mußte er schnell sein.

In seinem Gesicht regte sich nichts, er stand wie unter Strom, während er beobachtete, wie der Mann langsam losging. Er kam direkt auf ihn zu.

Alfred hielt den Atem an.

Unter den Sohlen des Mannes knirschte es. Er war noch näher an Alfred herangekommen und hielt den Arm ausgestreckt. Klobig hob sich der Revolver vor dem Licht der Lampe im Hintergrund ab. Alfred wußte, daß der Zeigefinger am Abzug lag.

„Und?" zischte Farcas. „Siehst du schon was?"

„Nein, zum Henker."

„Ach, mach dir nicht ins Hemd, Mann. Das wird eine fette Ratte gewesen sein."

„Das glaube ich nicht." Der Algerier blieb mißtrauisch.

Alfred rührte sich nicht von der Stelle. Sogar die Augen hatte er zur Hälfte geschlossen. Deren Glitzern oder das Schimmern der weißen Augäpfel sollten ihn nicht verraten.

Maurice merkte noch nichts. Wenn er noch einen Schritt weiterging, mußte Alfred handeln.

Doch der Mann blieb stehen.

Nur seine rechte Hand bewegte sich; und damit natürlich die Waffe. Sie beschrieb einen Halbkreis, wurde nach links und mal rechts geschwenkt, als suchte sie ein Ziel.

Da war nichts ...

„Komm zurück, Mann."

Maurice gab ein knurrendes Geräusch von sich, aber er gehorchte und drehte sich um.

Das war die Chance für Alfred, denn die Mündung der Waffe zeigte jetzt in eine andere Richtung.

Maurice schaute auf seinen Kumpan. Er wollte etwas sagen, aber beim ersten Wort schon bekam er Schwierigkeiten. Nur ein Ächzen brachte er hervor.

Der Schweiger war noch immer mit seinen Karten beschäftigt. Er fluchte über die schlechten Karten und sah erst auf, als er das keuchende Geräusch hörte, das aus dem Mund seines Freundes drang.

Maurice kam auf ihn zu. Mit sehr komischen, steifen Schritten. Und auch sein Gesichtsausdruck hatte sich verändert. Er schien Farcas starr, und gleichzeitig zuckten die Augen seines Freundes.

„Was hast ..."

Da kippte Maurice nach vorn. Sein Blick war völlig glasig geworden. Er wäre mit dem Gesicht voll auf den harten Stein geschlagen, aber Farcas war schneller und fing ihn auf.

Und dann kam Alfred.

Wie ein Blitz war er da. Er gab dem Schweiger erst gar nicht die Gelegenheit, die Waffe des Algeriers an sich zu nehmen. Alfreds Schulterstoß rammte den Schweiger gegen den Rand der Mulde, wo er mit den Hacken anstieß, das Gleichgewicht verlor und nach hinten kippte.

Ihn fing niemand ab. Er schlug mit dem Hinterkopf auf und sah die berühmten Sterne vor seinen Augen blitzen.

Mit zwei Sätzen war Alfred bei ihm und hielt ihm die Mündung der Pistole vor das Gesicht.

„Hier spielt die Musik." Alfred sprach französisch; der Kerl sollte wissen, woran er war.

Der Schweiger schaute Alfred an, als wäre dieser ein Geist. Er konnte es nicht fassen. Seine Unterlippe zitterte, als Alfred ihm mit dem Waffenlauf über die Wange strich.

„Na, wie fühlst du dich, *mon ami*?“

„Wer... wer bist du?“ Zu Alfreds Verwunderung antwortete der Mann auf deutsch. Es klang zwar rauh und gebrochen, aber immerhin konnte man verstehen, was er sagte.

Alfred grinste. „Der Kasematten-Geist.“

„Hör auf, ich...“

„Erst mal mit der Ruhe. Ich will nur wissen, was hier gespielt wird. Das ist alles.“

„Wer bist du?“

„Wann kommt Lindström?“

„Weiß ich nicht.“

„Schön, ich glaube dir sogar. Aber für ihn ist die Kiste bestimmt, oder nicht?“

„Klar.“

„Was ist darin? Was habt ihr so Wertvolles zu verbergen?“

„Keine... keine Ahnung, Mann.“

„Rede!“ Alfred tippte ihm mit der Mündung leicht gegen das Kinn. „Manchmal kann ich sauer werden, glaube mir das. Ich bin nicht immer so freundlich.“

„Das weiß ich doch nicht!“ ächzte der Schweiger. „Wir... wir haben die Kiste nur hochgeholt.“

„Woher? Aus einem Brunnen oder Schacht?“

„Nein, aus dem Fluß. Wir... wir holten sie hoch und brachten sie her.“ Plötzlich konnte er reden, als hätte er ein Quasselwasser zu trinken bekommen. „Wir schleppten sie in die Kasematten und warten nun auf Lindström. Gesehen haben wir ihn schon. Er war auf dem Schiff, wir haben es mit unserem Boot verfolgt. Mehr kann ich auch nicht sagen.“

Alfred starrte ihn an. Ja, er glaubte dem Mann. Typen wie der Schweiger gehörten zu den Leuten, die man nicht so ohne weiteres mit Informationen vollpackte. Die waren Helfer, Handlanger, mehr nicht. Und sie fragten auch nicht nach Gesetz und Ordnung.

„Alles gut und schön“, sagte Alfred. „Du wirst verstehen, daß ich dich aus dem Verkehr ziehen muß.“

In den Augen des Mannes flackerte es. „Willst du ... willst du mich erschießen?“

Die Antwort bestand aus einem Spezialschlag. So etwas hatte man Alfred in zahlreichen Schulungen und Kursen beigebracht.

Jetzt waren beide Männer bewußtlos. Sie würden auch die nächste Stunde noch „schlafen“. Alfred kannte seine Schläge. Zunächst zerrte er Maurice in die Tiefe eines Querganges hinein, dann ließ er Farcas folgen. So lagen sie dort, wo es stockfinster war, einträchtig nebeneinander. Den Revolver des Algeriers behielt Alfred. Auch die Taschenlampe steckte er ein. Sicher war sicher.

Dann nahm er sich die Kiste vor. Er hob sie an und wunderte sich, wie leicht sie war. Schwere Dinge konnten sich darin nicht befinden. Klopfte man dagegen, klang es ziemlich hohl; also war die Kiste auch nicht voll gefüllt.

Alfred dachte nach. Er fing bei Lindström an. Der Schwede war dafür bekannt, daß er Waren verkaufte, die unter die Exportsperre fielen. Dazu gehörten in der Regel elektronische

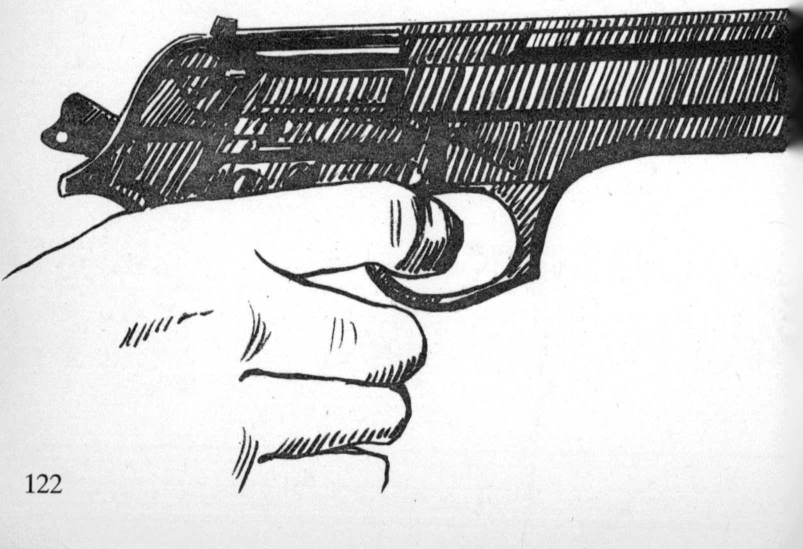

Teile, und die waren nicht schwer. Was man heute auf einem Mikrochip an Informationen speichern konnte, das war einfach phänomenal.

Alfred schaute auf die Uhr. Draußen würde es allmählich dunkel werden. Es konnte nicht mehr lange dauern, bis der Schwede eintraf.

Alfred mußte sich nach einem Versteck umsehen; hier neben der Kiste konnte er nicht sitzen bleiben.

Gänge standen ihm genug zur Verfügung. Er leuchtete in ein Loch hinein. Der Gang war schmal, dafür aber stockfinster, und er lag am weitesten von der Laterne entfernt.

Genau richtig für Alfred.

Bevor er sich in das Versteck verkroch, schaute er noch nach den beiden Männern.

Sie rührten sich nicht. Friedlich lagen sie nebeneinander.

Alfred grinste und rieb seine Hände. Dann tauchte er in den Gang und wartete ab...

11. Die Wasserleiche

„Mist!" Ela schimpfte, zog die Nase hoch und wischte sich mit dem Taschentuch die Augen. „Jetzt fange ich schon wieder an zu heulen. Dabei wollte ich das nicht."

„Na ja, wir werden ihn schon finden."

„Das sagst du, Turbo. An Bord ist er nicht gekommen."

Ela und Turbo standen an der Anlegestelle. Sie hatten das Schiff verlassen und wollten hier auf ihren Freund Randy warten. Ela hielt eine Plastiktasche umklammert. Sie hatte die Idee gehabt, trockene Sachen für Randy einzupacken und mitzunehmen. Vielleicht würde alles schnell gehen müssen, wenn sie Randy endlich wiederhatten. Doch wo war er?

Jeder von beiden schaute in eine andere Richtung. Es waren nur wenige Passagiere von Bord der *Rheinperle* gegangen; die meisten waren an Deck geblieben, um dort zu tanzen und so richtig einen drauf zu machen.

Plötzlich traten zwei Gestalten auf den Steg: ein Mann und eine Frau.

„Da sind sie!“ zischte Turbo.

Ela vergaß ihre Tränen. Zusammen mit Turbo sprang sie sofort in Deckung. Sie hockten sich hinter das Kartenhäuschen an der Anlegestelle und hofften, daß es groß genug wäre, sie beide zu verbergen.

Der Schwede und seine Begleiterin hatten es nicht einmal eilig. Wie ein verliebtes Paar schlenderten sie über den Steg, sie schaute in den dunklen Nachthimmel, während er sich nur einfach umsah.

Ela und Turbo warteten ab...

Mit einem Auge schielte der Junge um die Ecke. Sahen sie in ihre Richtung?

Nein, sie gingen weiter, ohne einen Blick auf das etwas entfernt stehende Kartenhäuschen zu werfen.

„Siehst du was?“ wisperte Ela.

„Sie werden wohl nach St. Goar hineingehen, denke ich“, antwortete der Junge.

„Ach“, sagte Ela gedehnt. „Und was machen wir?“

„Hinterher.“ Er legte eine Hand auf ihren Arm. „Aber warte noch. Wir müssen ihnen einen kleinen Vorsprung geben.“

„Okay.“

Kaum hatte das Paar den Steg verlassen, begann Lindström, schneller zu gehen. Nach wenigen Schritten mußte er jedoch Rücksicht auf seine Partnerin nehmen, da sie Schuhe mit hohen Absätzen trug und so das Tempo nicht mithalten konnte.

„Nehmt ihr mich auch mit?“

Hinter ihrem Rücken war plötzlich eine Stimme erklungen. Ela schrie auf, als hätte sie jemand gekitzelt. Als sie herumfuhr, grinste Randy Ritter sie an.

Ela atmete dreimal tief durch, dann stotterte sie: „Wo... wo... kommst du denn her?“

„Aus dem Wasser.“

„Und wie siehst du aus?“

„Wie eine lebende Wasserleiche wahrscheinlich. Das war verflucht kalt." Wie zur Bestätigung seiner Worte fing Randy an zu niesen. Er klapperte mit den Zähnen vor Kälte. Prompt drückte ihm Ela die Tüte in die Hand und ging auf die andere Seite des Kartenhäuschens. So schnell hatte sich Randy noch nie umgezogen. Anerkennend pfiff er vor sich hin, als er sogar Schuhe am Boden der Tüte fand. Die nassen Sachen ließ er liegen; die konnten sie später holen.

„Los, Kinder, wir müssen hinterher, sonst sind die noch verschwunden."

Turbo und Ela hatten das Paar vor ihnen nicht aus den Augen gelassen. Die Frau schien Schwierigkeiten mit ihren Stöckelschuhen zu haben. Immer wieder hatte Lindström auf sie warten müssen.

Vor der hell erleuchteten Innenstadt von St. Goar zeichneten sich die beiden Gestalten deutlich ab. Der Schwede hielt jetzt den Arm der Frau umklammert. Es sah so aus, als wollte er sie gewaltsam mit sich ziehen.

Was war ihr Ziel?

Die Freunde blieben im Schutz mächtiger Laubbäume. Auch wenn sich Lindström umgedreht hätte, er hätte sie nicht entdecken können.

Der dachte nicht daran, sondern eilte auf einen Wagen zu, der am Straßenrand geparkt war.

„Auch das noch!" keuchte Randy. „Auch das noch! Jetzt entwischen sie uns, verflixt."

Aber Ela hatte längst schon wieder eine gute Idee. „Wie ist das? Hast du Geld mit?"

„Klar doch."

„Dann los." Sie breitete die Arme aus und zerrte beide Jungen mit sich.

„Wo willst du denn hin?" rief Turbo.

„Zum Taxistand."

Beide Jungen lachten. Darauf hätten sie eigentlich auch kommen können.

Die beigen Wagen parkten in der Nähe. Der Schwede war in

einen Volvo gestiegen, eine große, dunkle Limousine, und wartete darauf, daß seine Begleiterin endlich einstieg.

Randy riß gleich die Tür des ersten Taxis auf. Der Fahrer schreckte hoch, als hätte er gerade ein Nickerchen gemacht.

„Was wollt ihr denn?"

„Mit Ihnen fahren."

„Dann steigt mal ein."

Randy setzte sich schnell neben den Mann, die beiden anderen hockten bereits im Fond. Sie schauten durch das Rückfenster und meldeten, daß der Volvo aus der Parklücke fuhr.

„Und wohin mit den Herrschaften?" erkundigte sich der Fahrer.

„Immer dem Volvo nach", erwiderte Randy. „Aber so, daß es nicht auffällt."

„Was bitte? Ich soll einen Wagen verfolgen?"

„Ja, es ist wichtig."

„Hört mal zu, wenn das..."

Randy zeigte ihm einen Fünfzig-Mark-Schein. Den hatte ihm seine Mutter mitgegeben. „Reicht das?"

„Schon gut. Trotzdem gefällt mir die Sache nicht."

„Bitte starten Sie doch." Randy sah, daß der dunkle Volvo dabei war, an ihnen vorbeizugleiten.

„Immer mit der Ruhe, junger Mann. Das haben wir gleich." Der Fahrer gehörte zu den gemütlichen Menschen, den brachte so schnell nichts aus der Fassung. Immerhin startete er sofort.

Die Freunde hatten Glück gehabt. Der Fahrer erwies sich als schlauer Fuchs. Als sie auf der Hauptstraße waren, ließ er immer zwei Wagen zwischen sich und dem Volvo. Er fiel noch etwas weiter zurück, als das Fahrzeug plötzlich die Abzweigung in Richtung Burg nahm.

„Was haben die denn vor?" fragte der Mann hinter dem Lenkrad.

„Wissen wir auch nicht", meldete sich Ela.

„Haben die Dreck am Stecken?"

„Keine Ahnung."

„Nun ja, ihr müßt es wissen. Wenn sie nicht merken sollen,

daß wir ihnen auf den Fersen sind, muß ich mich zurückfallen lassen."

Randy nickte. „Tun Sie das."

Ein Schild wies auf eine starke Steigung hin. Im Winter hier hochzukommen, war sicher ein Glücksspiel.

„Halt!" Turbo hatte so laut gerufen, daß er alle damit erschreckte. Er hatte den am rechten Straßenrand abgestellten Volvo gesehen. Das Auto war leer.

Das Taxi passierte den Wagen und hielt dann. Turbo und Ela sprangen hinaus, während Randy noch zahlte. „Wo können die denn hin sein?" fragte er verärgert.

Wieder half ihnen der Fahrer. „Hört mal, Freunde, ich kenne mich hier etwas aus. Wenn ihr genau hinschaut, werdet ihr einen Schleichweg entdecken, der hier von der Straße abgeht. Er führt zu den Gärten am Hang, aber auch zur Burg hoch."

„Danke!" riefen die Freunde und waren im nächsten Augenblick schon verschwunden.

Wenn es darauf ankam, konnten Ela, Turbo und Randy auch den Mund halten. Jetzt kam es darauf an, denn der Schwede und seine Begleiterin sollten sie nicht hören.

Dafür hörten sie die beiden, besonders die Frau, die sich schimpfend beschwerte: „Warum schleppst du mich auch ins Gebirge, Mensch?"

„Erzähle hier nichts. Du wußtest, daß der Weg schlecht ist, und hättest dir andere Schuhe mitnehmen können."

„Habe ich vergessen."

„Ist das mein Bier?"

„Und so etwas nennt sich Kavalier."

„Das habe ich nie behauptet."

„Widerlich bist du."

Das Schloß-Trio grinste still vor sich hin. Doch blieben sie ein Stück zurück und hielten zu dem Paar einen größeren Abstand.

Der Fahrer hatte Recht behalten: Zunächst führte der schmale Weg eben weiter, dann aber stieg er an, und beschrieb gleichzeitig einen Bogen.

Der Mond war aufgegangen. Die Freunde waren froh darüber, auch wenn sie jetzt noch besser aufpassen und immer in Deckung bleiben mußten. Der Weg führte sie an dunklen Gärten vorbei.

„Schneller, schneller!“ hörten sie weiter vorn den Schweden rufen. „Die beiden warten schon.“

Was die Frau antwortete, verstanden sie nicht. Die hatte sicher einige Schwierigkeiten.

Plötzlich bellte ein Hund, irgendwo in den Gärten, und von Ferne schlug die Tür eines Hauses zu. Die Freunde fragten sich von neuem, was der Schwede hier eigentlich wollte.

Allmählich veränderte sich das Gelände. Die Gärten verschwanden, dafür wuchs das Unkraut ungemein dicht und höher als mannshoch. Es wucherte über den Hang, als wollte es ihn ersticken.

Links über den Freunden ragte die Ruine Rheinfels empor. Auch in der Dunkelheit war der charakteristische Umriß gut zu erkennen. Die Mauerreste sahen aus wie abgebrochene Riesenstümpfe.

„Da will der noch hoch?“ flüsterte Ela. „Das verstehe ich nicht.“

„Mal sehen“, meinte Randy und verkniff sich ein neuerliches Niesen.

Der Weg war enger geworden, auch kurviger. In den folgenden fünf Minuten blieben sie stumm. Jeder war mit seinen Gedanken beschäftigt. Leider hatte keiner eine Taschenlampe bei sich, daran hatte nicht einmal Ela gedacht.

Sie hatten sich die ganze Zeit auf die Schritte des Paars konzentriert, aber die waren plötzlich verstummt.

Auch die Freunde blieben stehen. Sie schauten sich ziemlich ratlos an. Im blassen Licht des Mondes sahen ihre Gesichter ganz bleich aus.

„Wohin jetzt?“ fragte Ela.

Randy ging einen Schritt vor. „Die müssen hier irgendwo in der Nähe verschwunden sein.“

„Vielleicht stecken sie im Felsen“, meinte Turbo. Die Bemerkung war spöttisch gemeint, aber Randy nahm sie ernst. „Da kannst du sogar recht haben. Denk nur daran, daß es in alten Burgen und Schlössern oft genug Geheimgänge gegeben hat, durch die man bei Gefahr ins Freie flüchten konnte. Das wird hier nicht anders gewesen sein."

„Wie willst du denn so einen Gang hier finden?"

„Durch Suchen." Randy ging den Weg weiter. Mit den Blikken tastete er die vor ihnen aufragende Felswand ab. Und dann entdeckte er die Stelle in dem Buschwerk zu Füßen der Mauer.

Er drehte sich zu den anderen um und streckte den Arm aus. „Da ist was!“ wisperte er. „Kommt mit!“

Vorsichtig bogen sie Zweige und Äste zurück, bis sie direkt vor der Mauer standen. Ein finsteres Loch gähnte ihnen entgegen: Der Eingang!

Ela verdrehte die Augen. „Ach du lieber mein Vater, dann sind sie womöglich da hineingegangen – oder?“

„Das scheint mir auch so.“

„Sollen wir nach?“ fragte sie.

„Das hat keinen Zweck. Ohne Licht sind wir da drin verloren“, antwortete Randy düster.

Während sie noch unschlüssig vor dem Eingang in der Mauer standen, hörten sie ein Geräusch – und auf einmal war die Frau da. Keiner der drei hatte sie gesehen. Sie mußte in den Büschen gelauert haben. Wütend stürzte sie auf die Freunde zu und hatte den Mund zu einem Warnschrei geöffnet.

Turbo und Randy reagierten blitzschnell: Sie sprangen die Frau an, Turbo preßte ihr eine Hand auf den Mund, so daß der Schrei in einem Gurgeln erstickte, während Randy sie zu Boden riß, wo sie so lange strampelte, bis sich Ela auf ihre Beine setzte.

„Ruhe und keine Bewegung!“ zischte Randy ihr zu. Er und Turbo hielten jetzt die Arme fest.

„Ich schreie!“ drohte sie.

„Ha, das können Sie versuchen.“ Randy steckte noch voller Wut. „Sie haben mitgeholfen, mich in den Fluß zu werfen, aber Wasserleichen leben länger, Gnädigste. Was ist mit dem Schweden? Ist er in die Höhle gegangen?“

„Klar doch.“

„Was macht er dort?“

„Er wird etwas holen.“ Sie verzog den Mund. „Einen Rat gebe ich euch. Haut ja ab, wenn euch euer Leben lieb ist. Bisher war alles noch ein Spaß, jetzt wird es ernst. Es geht um ein Riesengeschäft, das sich Lindström nicht verderben lassen will.“

„Und Sie auch nicht, wie?“

„Nein, meine Firma nicht.“

„Für wen arbeiten Sie denn?“

„Das ist egal. Aber die Firma sitzt nicht hier in Europa. Wir brauchen die Chips jedenfalls.“

„Die Ausfuhr ist verboten“, sagte Turbo.

„Soll uns das interessieren? Es geht um viel Geld, um sehr viel sogar. Und jetzt verschwindet!“

„Nein, wir bleiben.“

„Das wird euch noch leid tun. Ich jedenfalls möchte nicht in eurer Haut stecken." Sie lachte plötzlich, keiner wußte, weshalb. Den Freunden war mit einem Mal sehr unbehaglich zumute. Sie dachten an die beiden Südländer. Was, wenn die hier auch noch auftauchten?!

„Was machen wir?" fragte Ela.

„Wir bleiben hier am Eingang. Warten ab."

„Gut!" Ela machte ein entschlossenes Gesicht. „Wenn sie schreit, kratze ich ihr die Augen aus."

„Besser, wir fesseln sie und stecken ihr ein Taschentuch in den Mund", schlug Turbo vor. Er hatte schon die langen Schnürsenkel aus seinen Turnschuhen gezogen.

Während die beiden Jungen die Frau festhielten, knüpfte Ela einen festen Knoten um deren Hand- und Fußgelenke. Nur ein Taschentuch hatte keiner dabei. Die Frau lachte spöttisch. Sie fühlte sich wohl sehr sicher.

Das gefiel den Jungen überhaupt nicht. Mit gemischten Gefühlen stellten sie sich links und rechts vom Eingang auf...

12. Das Aus für den Schweden

Alfred wartete. Er gehörte nicht zu den nervösen Menschen, sah alles ziemlich gelassen, aber hier im Berg zu hocken und darauf zu lauern, daß endlich jemand kam, zerrte auch an seinen Nerven.

Immer wieder horchte er in den Gang hinein, wartete auf Schritte oder einen Ruf.

Nichts.

Wenn sich in der nächsten Viertelstunde nichts tat, würde er die Kiste nehmen, den Stollen verlassen und die Polizei alarmieren.

Mit diesem Vorsatz wartete er weiter. Und dann klangen Schritte auf.

Gespannt lauschte Alfred; sein feines Gehör hatte ihn nicht getäuscht. Zwar mußte sich der Schwede noch weit entfernt befinden, aber er kam – allerdings aus einer anderen Richtung als Alfred vor einer halben Stunde.

Man konnte diesen verdammten Berg mit seinen labyrinthartigen Gängen wirklich verfluchen. Immerhin war es nicht der Tunnel, in dem die beiden Bewußtlosen lagen. Das war schon viel wert. Die Schritte waren jetzt sehr nahe.

„Hallo!“

Lindströms Stimme hallte durch den Tunnel. Er bekam keine Antwort, und Alfred hütete sich, auch nur einen Laut von sich zu geben.

Dann hörte er die Schritte noch deutlicher. Auch einen Fluch, denn Lindström war über ein Hindernis gestolpert.

Alfred machte sich sprungbereit, die erbeutete Waffe in der rechten Hand.

Es war so weit! Wie ein Gespenst war Lindström in der Tunnelöffnung erschienen. Geduckt ging er, schaute sich mißtrauisch um. Er ließ den Strahl seiner großen Stablampe über die Wände tanzen. Seine rechte Hand hielt eine Waffe umklammert, eine Pistole.

Der Schwede stand voll im Licht der Lampe am Boden und mußte wohl wissen, was für ein gutes Ziel er damit abgab. Aufs äußerste gespannt, zog er den Kopf ein und bewegte ihn in die gleiche Richtung wie seine Pistole. Nach links hin und im Halbkreis.

Er witterte ...

Lindström wußte, daß etwas schiefgelaufen war. Er wußte nur nicht was, und das machte ihn jetzt hochgradig nervös.

Schließlich blieb sein Blick an einem Gegenstand hängen. Es war der leichte Metallkasten.

Wie der Speck in der Mausefalle! Sollte er, sollte er nicht?

Seine Gier siegte. Er knipste seine Stablampe aus und legte sie zu Boden, um eine Hand frei zu haben. Dann huschte er auf den Koffer zu, bückte sich, wollte nach ihm fassen, als Alfred aus seiner Deckung trat und mit harter Stimme befahl: „Finger davon und Waffe weg, Lindström!"

Der Schwede verharrte wie vom Donner gerührt. Er blieb in der gebückten Haltung, die Hand nur wenige Zentimeter vom Koffer entfernt, und stieß ein Geräusch aus, das an das Pfeifen eines Ballons erinnerte, aus dem plötzlich die Luft entwich.

„Laß die Kanone fallen, Lindström!"

„Was machst du hier, du Hundesohn?"

„Ich habe auf dich gewartet."

„Verdammt, das habe ich in Köln schon geahnt."

„Los, weg mit der Waffe!"

Der Schwede nickte kaum merklich. Dann rutschte die Pistole aus seiner Hand und blieb neben der Kiste liegen. „Kann ich mich bequemer hinstellen?"

„Meinetwegen."

Der Mann richtete sich auf. Er hob sogar die Hände hoch. Schweiß lief über sein Gesicht.

„Schlecht, wenn man verloren hat", meinte Alfred.

„Habe ich das?"

„Sicher."

„Da wäre ich mir nicht so sicher."

Mit der Linken winkte Alfred ab. „Hör zu, Lindström, auf deine beiden Helfer kannst du dich nicht verlassen. Die habe ich in den tiefen Schlaf geschickt."

„Na und?"

„Kommen wir zur Sache", sagte Alfred und nickte. „Was steckt in dieser Kiste?"

„Elektronik, was sonst?"

„Chips?"

„Noch kleiner, Mikrochips. Ich habe sie stehlen lassen und dann an einer bestimmten Stelle im Rhein versenkt. Da hätte niemand gesucht. Der Gag ist, daß ich sie der Firma Tricom geklaut habe, und jetzt bin ich auch noch auf deren Schiff mitgefahren. Das war der Gag auf dem Gag."

„Nur ist der jetzt vorbei!"

„Tatsächlich?"

„Ja."

Der Schwede lachte. „Was machst du denn, wenn ich mich umdrehe und einfach verschwinde?"

„Dann hole ich dich zurück."

„Mit einer Kugel?"

„Kann sein."

Lindström grinste verächtlich. „Du bist doch nicht so einer, Mayer, nein, du nicht."

„Man kann sich auch irren."

„Was soll's?" Lindström hob die Schultern. Für einen Augenblick war Alfred damit abgelenkt. Blitzschnell trat der Schwede gegen die vor ihm stehende Laterne. Er rechnete damit, daß Alfred nicht schießen würde, und hatte sich nicht getäuscht.

Plötzlich war es stockfinster. Alfred stürzte nach vorn, aber seine Hände griffen ins Leere.

Lindström hatte gedankenschnell den Koffer an sich gerissen und war zur Seite gesprungen.

Wie ein Irrsinniger lachend, hörte ihn Alfred in einem der Gänge verschwinden. Während er noch herauszufinden versuchte, in welchem, war der Schwede schon weit weg.

„Mich kriegst du nicht, du Idiot!" hallte es noch einmal aus dem Gang. „Mich nicht..."

Randy und Turbo warteten schon eine ganze Weile am Eingang. Gebannt horchten sie in den Tunnel hinein. Ela saß neben der Frau. Endlich hatte diese mit ihren Reden aufgehört. Nun war sie still. Alle waren gespannt, wie es weiterging – wenn auch aus verschiedenen Gründen.

„Was tun wir, wenn er kommt?" fragte Turbo.

„Abwarten, und wenn er da ist, drauf!" antwortete Randy.

Aber so ganz wohl war ihm nicht bei der Sache. Er wußte ja, wie gemein und skrupellos der Schwede sein konnte.

„Wie du meinst."

Die Freunde preßten sich mit dem Rücken gegen das nackte Gestein. Sie standen sich genau gegenüber.

Und dann hörten sie ihn kommen. Keuchend und mit hastigen Schritten. Ab und zu lachte er schrill. Unheimlich klang es aus dem Loch heraus. Die Jungen fragten sich erschreckt, was passiert war. Ein Schatten tauchte im Eingang auf.

„Jetzt!" schrie Randy.

Zugleich wuchteten sich die Jungen vor.

Mit allem hatte Lindström gerechnet, jedoch nicht mit dieser plötzlichen Attacke.

Er war so überrascht, daß er schrie und dann seinen Kasten fallen ließ. Er merkte noch, wie ihm die Beine weggerissen wurden. Dafür hatte Turbo gesorgt. Der Schwede fiel auf den Rücken.

Randy stürzte sich auf ihn. Seine Hände drückten die Schultern des Mannes zu Boden. Er keuchte ihm ins Gesicht: „Weißt du, wer ich bin, weißt du das, Schwede? Die Wasserleiche, die als Hauptpreis ein nasses Grab gewonnen hat. Die bin ich."

Lindström wollte sich befreien. Er fluchte, bäumte seinen Körper hoch, aber die Jungen saßen wie ein leibhaftiger Alb auf ihm. Da zerriß der Strahl einer Stablampe die Szenerie.

Die Leuchte befand sich in Alfreds Hand, der plötzlich bei den Jungen stand. In seiner anderen Hand blinkte ein Revolver auf.

Er richtete den Lauf auf den Schweden.

„Gibst du jetzt auf?"

„Fahr zur Hölle!"

„Nach dir, mein Junge, nach dir." Alfred nickte den Freunden zu. „Danke, ihr wart großartig."

Randy hob lässig die Schultern. „Sind wir das nicht immer...?"

In der Polizeistation von St. Goar staunte man nicht schlecht, als drei Erwachsene und drei Jugendliche eintrafen und eine

fast schon unwahrscheinlich klingende Geschichte erzählten. Man glaubte weder der einen Partei noch der anderen, bis Alfred einige Telefongespräche führte und Leute von der Abwehr mit dem Dienststellenleiter verband.

Der bekam plötzlich Beine. Er sorgte auch dafür, daß die Komplizen des Schweden abgeholt wurden.

Man öffnete den Koffer gewaltsam. In Watte gepackt, lagen Mikrochips darin. Sie steckten zusätzlich noch in Plastiketuis, damit auch nichts passierte.

Das Schloß-Trio schaute zu, und Ela fragte: „Darum ist es also gegangen?"

„Ja."

„Sind die wirklich so wertvoll?"

„Für gewisse Länder schon. Die bedienen sich eben ungesetzlicher Mittel, um an die Dinge heranzukommen. Das gibt es, das wird es immer wieder geben, und Lindströms existieren auch genug."

„Wenn du das sagst, müssen wir es glauben."

„Kann ich was für euch tun?" fragte der Chef der Dienststelle die drei Freunde.

„Ja."

„Was denn?"

„Wir haben Hunger." Randy sprach für Ela und Turbo gleich mit und stieß auch auf keinen Protest.

„Worauf?"

Die Freunde schauten sich an. „Currywurst und Fritten."

„Wirklich?" Der Beamte verdrehte die Augen.

„Ja!" rief Ela. „Soll ich sie kaufen gehen?"

„Nein, nein, ich rufe meinen Schwager an."

„Wieso das denn?" fragte Randy.

„Ihm gehört die größte Frittenbude in der Stadt."

Nach dieser Antwort mußten alle lachen, auch Alfred. Später dann, als sie die Fritten und die Wurst aßen, rückte Turbo mit der Sprache heraus. „Ich werde alles mitmachen, aber ein Preisausschreiben mach ich nicht mehr mit. Darauf könnt ihr euch verlassen..."

14 spannende Geschichten auf 256 Seiten

Im ersten Band seines Krimi-Magazins versammelte Stefan Wolf besonders wohlklingende Namen für Krimikenner. Da ist sogar Sir Arthur Conan Doyle dabei, den jeder wohl als den Schöpfer des berühmten Sherlock Holmes kennt. Und es werden sich alle Stefan Wolf-Leser freuen, diesmal Dr. Watson gleich in zwei Geschichten zu begegnen. Zunächst geht es um die tragischen Verstrickungen von Isa Whitney, der dem Opium verfallen ist und schon seit 2 Tagen vermißt wird. Die zweite Geschichte beginnt mit: „Angst, Mr. Holmes. Nackte, Kalte Angst", die eine verstörte junge Frau in die Praxis treibt. Außerdem stellt Stefan Wolf auch Wolfgang Ecke mit seiner Geschichte „Ein Meisterschuß" und Hansjörg Martin, als Autor vieler Fernsehkrimis bekannt, mit der Geschichte „Wie bring ich meinen Pauker um?" vor. Da beschreibt Lorenz Mack ein „Millionenspiel am Abgrund" und Pierre Boillan und Thomas Narcejac die „Galgenfrist bis morgen früh".
Für seine eigene Lesergemeinde hält Stefan Wolf in seiner Sammlung eine brandneue TKKG-Geschichte bereit, die von „vertauschten" Gangstern handelt, und seinen neuesten Krimi um Tom und Locke: „Heiße Spur zu Fridolin".
Sozusagen als Zwischen-Mahlzeiten werden zudem vier kurze Rätsel-Krimis und ein ganzer Sack voll kniffeliger Knobeleien serviert. Klar, daß alle Lösungen am Ende des Buches nachzuschlagen sind, damit sich Nachwuchs-Detektive fortbilden und die Könner sich bestätigt finden können.
Echte Stefan Wolf-Spannung – überall da zu bekommen, wo es TKKG-Bücher gibt.

Jugendbücher von Pelikan

TKKG – die erfolgreichste Jugendbuchreihe von Pelikan mit über 7 000 000 verkauften Büchern – gehört heute zu den beliebtesten deutschsprachigen Jugendbuchserien überhaupt. TKKG – das sind die vier Anfangsbuchstaben der Titelhelden: Tim, Karl, Klößchen und Gaby – eine verschworene Gemeinschaft gegen das Unrecht. Auch bekannt durch die Fernsehserie im ZDF.

Bisher erschienen sind:

1 Die Jagd nach den Millionendieben
2 Der blinde Hellseher
3 Das leere Grab im Moor
4 Das Paket mit dem Totenkopf
5 Das Phantom auf dem Feuerstuhl
6 Angst in der 9a
7 Rätsel um die alte Villa
8 Auf der Spur der Vogeljäger
9 Abenteuer im Ferienlager
10 Alarm im Zirkus Sarani
11 Die Falschmünzer vom Mäuseweg
12 Nachts, wenn der Feuerteufel kommt
13 Die Bettelmönche aus Atlantis
14 Der Schlangenmensch
15 UFOS in Bad Finkenstein
16 X 7 antwortet nicht
17 Die Doppelgängerin
18 Hexenjagd in Lerchenbach
19 Der Schatz in der Drachenhöhle
20 Das Geheimnis der chinesischen Vase
21 Die Rache des Bombenlegers
22 In den Klauen des Tigers
23 Kampf der Spione
24 Gefährliche Diamanten
25 Die Stunde der schwarzen Maske
26 Das Geiseldrama
27 Banditen im Palast-Hotel
28 Verrat im Höllental
29 Hundediebe kennen keine Gnade
30 Die Mafia kommt zur Geisterstunde
31 Entführung in der Mondscheingasse
32 Die weiße Schmuggler-Jacht
33 Gefangen in der Schreckenskammer
34 Anschlag auf den Silberpfeil
35 Um Mitternacht am schwarzen Fluß
36 Unternehmen Grüne Hölle
37 Hotel in Flammen
38 Todesfracht im Jaguar
39 Bestien in der Finsternis
40 Bombe (Haie) an Bord
41 Spion auf der Flucht
42 Gangster auf der Gartenparty
43 Überfall im Hafen
44 Todesgruß vom Gelben Drachen
45 Der Mörder aus dem Schauerwald
46 Jagt das rote Geister-Auto
47 Der Teufel vom Waiga-See
48 Im Schatten des Dämons
48 Schwarze Pest aus Indien
50 Sklaven für Wutawia/ Gauner mit der „Goldenen Hand"
51 Achtung: Die „Monsters" kommen!
52 Wer hat Tims Mutter entführt?
53 Stimme aus der Unterwelt
54 Herr der Schlangeninsel
55 Im Schattenreich des Dr. Mubase

Hol' sie Dir! Bei Deinem Pelikan-Fachhändler.

Jugendbücher von Pelikan